# 杜兰葛山庄
Hotel Du Lac

［英］安妮塔·布鲁克纳 著　叶肖 译

北京燕山出版社

# 目录

爱情 or 毒药 / 001

第一章 / 001

第二章 / 021

第三章 / 037

第四章 / 055

第五章 / 071

第六章 / 089

第七章 / 103

第八章 / 119

第九章 / 137

第十章 / 157

第十一章 / 181

第十二章 / 197

# 爱情 or 毒药

毛　路

《杜兰葛山庄》自出版以来就争议不断。很多评论家把它看成一部女权主义作品，意在批判男权社会里女人受到的种种不公。而作者布鲁克纳本人却表示，你们想多了，这本小说的重点并不是探讨什么主义。那么它要探讨的重点是什么呢？又是天翻地覆的争论。有人说它主要是讲女人的自我寻找；有人说它是讲女人的困境，确实，小说里每个女性角色，都有这样那样的问题；有人说它是讽刺女人对爱情不切实际的浪漫；还有人说它是在赞美和肯定这种浪漫，正是这种浪漫，给了女主人公拒绝走入婚姻的勇气，两次的结婚对象在世俗的眼光看来都非常不错，第一个靠谱，第二个成功。而她逃婚的理由非常简单：我不要没有爱情的婚姻。（也有不少评论家认为，她逃婚是因为她有女权主义觉悟，尽管她自己都没意识到这点，她不向社会和物质低头的事实，已足以证明她就是个女权主义者。）还有人说，这其实就是一个纯粹的爱情故事，从头到尾都在讲一个女人对爱情的坚守。只不过这份爱比较"特殊",她爱的人是个已婚男人。

一千个人眼中有一千个哈姆雷特,那么我又看到了什么呢?我看到了一个女人的为爱扑火,还有对这种执着之举的探讨。

女主人公埃迪斯是位成功的爱情小说作家,但她却是他人眼中的"失败者",因为她三十九了,还单身。他们并不知道她有个已婚的情人,若是知道了,恐怕会更瞧不起她。在她首次逃婚后,她身边所有的人都觉得这是一场"背叛"。她得不到任何人的理解,于是她选择出走,来到杜兰葛山庄。

在那里,她遇到了普西太太和莫妮卡,普西太太优雅风趣,莫妮卡美丽冷艳,这两个互相看不顺眼的女人却偏偏都喜欢跟埃迪斯套近乎。山庄里的富豪客人内维尔跟她有段这样的对话:

"你是个好女人,"内维尔说道,"是人都能看得出。"

"为什么是人都能看得出?"埃迪斯问道。

"好女人都有一个特点:别人难受时,她们总觉得错在自己。坏女人从来不会为任何事儿,也不会为任何人感到愧疚。"

显然,普西太太和莫妮卡也看出来了,埃迪斯就是那种温顺、听话、无害的好女人,没人知道埃迪斯之前的"疯狂"之举——逃婚。普西太太和莫妮卡需要的正是这样一位永远不会抢走自己风头的女伴。而那两人互相讨厌的理由,表面上的原因有很多,比如普西太太瞧不上莫妮卡的拜金,而莫妮卡受不了普西太太的装腔作势。但内在的原因正好在于两人都是颇具吸引力的女人,一山容不下二虎，一个房间里也容不下两个有魅力的女人。而埃迪斯与她们正好相反，用现在流行的话来说，就是个毫无存在感的人。然而，人们往往忽略了一个事实：埃迪斯这样的女人也希望被听到、被看到、被关注和被爱。一开始埃迪斯被普西太太吸引，对她褒奖有加，后来慢慢对她生出厌恶与鄙夷，归根结底，正是因为她在普西太太那里得不到这些，普西太太需要的，只是一个忠实的听众。

埃迪斯的编辑让埃迪斯把小说主人公写成"自信、自由、乐趣无穷"的时髦现代女性，却遭到了埃迪斯的强烈反对："说一千，道一万，女人还是喜欢古老的神话：总有一天，白马王子会找上门来，女人对此确信无疑，哪怕她们已输得一败涂地，愿望依旧藏在心底，难以释怀。"

后来，埃迪斯也向内维尔承认：

> 没有爱，我就是活不下去。别误会，我并不是说自己会患上怪病，日渐消瘦，形销骨立，只怕我的问题还要严重得多。我是想说，没有爱情，我就不能像模像样地活下去。要真有那一天，我恐怕会变得既不会思想、行动，也不会说话、写作，甚至连梦都要离我远去。失去爱情，也就失去了全部的力量，我会感到自己被逐出活生生的世界，变成冰冷的僵尸，我的内心会爆裂。在我心目中，所谓绝对幸福就是和煦的阳光下，整天坐在花园里，读读书，写写东西，内心坦然，因为我知道，

自己爱的那个人晚上就会回来。每天晚上。

埃迪斯才不是什么先锋女性，我看不到她对写作或者其他任何事情的热爱，她的梦想与期待都是关于那个永恒的主题，那个古老的神话——爱情。她渴望爱，她需要爱，甚至可以说，她是一个为了爱情而活的女人。但是，她却是一个爱情里的输家。在给情人戴维的信中，埃迪斯写道：

> 内维尔向我保证，在他的引导下，我会变得信心十足，活力四射。总之，过去别的女人身上令我羡慕的东西，我都会拥有，就像你太太一样。
> 在这方面我做得一直很差，可自己居然会与一个这方面极为成功的男人坠入爱河，真是讽刺到了极点。我的全部生命都是为了你，可多久才能见到你一次？一个月有没有两次？要是加上偶遇，或许多一些；要是你忙起来，就更少；有时候，整个月也见不到你一面。有时候，我会幻想着你在家中，身边有老婆，还有孩子，那一刻真是生不如死。可一想到不知什么时候你的好奇和兴趣就会转移到其他什么姑娘身上，或许是在哪个晚会上结识的，就像你我相识时那样，心里的难受就更别提了……要说咱俩是你情我愿有点儿滑稽，其实是我比你更情愿。从头到尾，我都比你更情愿。
> 我全部的爱都给了你，直到永远。

虽然埃迪斯浪漫得要死，但她同时也极度清醒。她从来不指望心爱的人在将来某一天会完全属于自己。她对"龟兔赛跑"这个故事的阐释，可以看出，她并不像那些分不清现实与幻想的小姑娘，她虽然浪漫，但一点也不天真。

"龟兔赛跑，"埃迪斯大声宣布。"人人都喜欢这个故事，尤其是女人。注意到了吗，哈罗德，在我的故事中，笑到最后的都是那些衣着朴素、举止腼腆，像小白鼠一样怯生生的姑娘，而不是那些什么都不在乎，什么都瞧不上眼的花蝴蝶。那些花蝴蝶倒也可以爱的天翻地覆、死去活来，可到头来，她们的男人还是会离她们而去，再也不会回来。乌龟和兔子无论赛跑多少次，在故事中，赢的总是乌龟。当然，这些都是骗人的鬼话……真实生活中，赢的总是兔子，从来如此。……可宣传偏偏要反过来说，因为乌龟们需要安慰，就像人们总是说，温良恭俭让吧，你将拥有整个世界……当然，这一切只发生在生活中，而不是在故事中，至少不会出现在我的故事中。生活还不够残酷吗？干吗还要延续到我的故事中？我相信，我的读者读的是我的小说，而不是去读生活。

埃迪斯就是"朴素、举止腼腆，像小白鼠一样怯生生的姑娘"，她的内心深处渴望成为"兔子"，渴望变得跟情人戴维的老婆一样"信心十足，活力四射"，但她知道自己其实是"乌龟"，而且永远都是"乌龟"，而爱情游戏里，赢的总是"兔子"。

从表面上看，埃迪斯的悲剧在于她无法做一个彻底的好女人，也无法做一个彻底的坏女人。她既不够传统，又不够摩登。如果她是个彻底的好女人，就不会跟有家室的男人展开恋情。如果她是个彻底的坏女人，就可以接受富豪的求婚，跟情人继续偷情，社会地位、财富、爱情都不误。但其实悲剧的根源在于她把爱情当成了生活的全部意义。她的悲剧并不是因为她是"乌龟"，而是她认为乌龟跑不赢兔子，乌龟就是失败者。她看不到乌龟的其他闪光点，看不到乌龟也有很多比兔子好的地方。爱情不应该是判断一个女人成功或失败的标准，生命中很多事情的意义跟爱情一样伟大，甚至更加伟大，但埃迪斯没有意识到这一点，正是她自己用爱情定义了女人的输赢，所以她觉得自己是人生输家。

此书获得了1984年的布克奖，不得不佩服布鲁克纳的高明，她笔下的埃迪斯不是一个非黑即白的形象，她是种种矛盾的综合体。很少有小说能让我对主人公产生如此复杂的情感，我对埃迪斯可以说是又爱又恨，又鄙夷又敬佩。她明知自己赢不了，却又偏偏不服输，直到最后她也没有放弃对那个古老神话的信念，倔强地走向那万分之一的可能性。

# 第一章

  霍普是写小说的,浪漫爱情的那种,她的笔名可要比她的真名响亮多了。住在这里不亚于疗养,绝对隐秘。在保护客人隐私,以及服务谨慎细致方面,酒店堪称完美无瑕。

依窗凝望，唯见茫茫灰色，向远方延伸，渐渐融入无垠。窗外的花园也笼罩在灰色之中，花园中没种别的，只种了一种本地罕见的植物，此刻叶子直挺挺地竖着，了无生趣。过了花园，大约就是浩瀚的湖面了，仿佛打了麻药一样，静静地向远方的湖岸延伸。更远处就是奥什山的登特峰了，其实也没谁能望那么远，反正游客手册上是这样介绍的。此刻，群峰绝顶，天地相接之处，说不准雪花已然悄无声息地飘落。已是九月末，旅游旺季已过，游客走了，房价降了，除了风景，这座瑞士湖畔小城自个儿也实在拿不出什么像样的东西，能留住游客的心。这儿的居民大多不善言谈交际，到了这季节，更像是被封上了口，时常一言不发。这是怎样的季节？时常一连数日密云层层堆积，不给阳光留下一丝缝儿；可接着，倏忽之间，所有的云朵消失得无影无踪，不给半点儿预兆，不打一声招呼。霎时间，天地焕发出色彩，呼喊出生机：湖面上轻舟荡漾，码头上乘客如织，露天市场里喧嚣热闹，十三世纪的古堡虽已残旧，依旧不失昔日的华丽与庄严，远远矗立在青天之下，群峦之间。更远处，群山之巅已描上一道白边，向阳的南坡沐浴在绚烂的阳光下，种满了苹果树，一片片，一层层，向更高处攀登。树头已挂满了沉甸甸的果实，在阳光下闪闪发亮，蕴藏着无限深意。

这是一片精耕细作、收获亦殷实富足的土地,这也是一片征服了大大小小的人祸的土地,唯有天灾依旧桀骜不驯。

埃迪斯·霍普倚窗而立,一动不动,仿佛仅凭自己的念力就可以刺破眼前浓得化不开的灰色。霍普是写小说的,浪漫爱情的那种,她的笔名可要比她的真名响亮多了。此刻,面对着吞噬一切的灰色,她心底却也不是没有一丝安慰。这是一个与一切幻觉和空想全然绝缘的季节,周围的一切要说沉闷刻板可能刻薄了些,可至少也是处处循规蹈矩,没有一丁点儿令人异想天开的地方。宾馆,安静;膳食,可口;散步,悠长;激情,少有;天黑,上床。然而,这不也正是找回昔日那个事事较真、创作勤力的自我,忘掉那桩伤心往事的绝好地方吗?要不然,何必在这个白昼渐短、黑夜渐长的季节,把自己流放到这个冷清的地方?这时节,她本该待在家里……可突然间,家,更准确地说,是"那个家",成了一剂毒药,曾经在那儿上演的一幕至今还令她不寒而栗。朋友说,你该出门走走了。她嘴上未置可否,可心里已经默许了。于是,霍普坐上了邻居兼朋友彭尼洛佩·米琳的车,风驰电掣般向机场驶去。驾驶座上的米琳紧绷双唇,一言不发。看来,要想让她原谅自己,自己不消失上好一阵子是不成的了,而且回来时要更成熟、更理智,再真心诚意地向她道歉。别人可不会再任你这样癫下去了,还以为自己是个天真无邪的小女生吗?干吗要扮小女生?我是个认真、严肃的女性,无论在自己,还是在朋友心目中,都早已过了年少轻狂的年纪。不止一个人说过,我长得挺像弗吉尼亚·伍尔芙；我是一家之主，经济上是顶梁柱，还能做几样家常小菜，交稿也从不拖沓、不准时；我拥有公民的全部权利，无论什么放在我面前，我都有权署名；我从不给出版商打电话，更从不询问自己写的东西读者反应如何（其实，我知道，销路不错）。低调、不张扬，对他人言听计从，从不胡乱猜疑，这副形象我已经顶了好长时间了，别人都觉得烦了，这是肯定的，可偏偏自个儿不能觉得烦。身段要放低，再放低，所有自以为了解自己的人也认为，自己就该这样。在这片能疗伤止痛的灰色中，孤身一人待上一段时间，就能做回昔日那个心平气和、笑容可掬的我了，回到从前，回到那件可怕的事儿发生以前。咦，花园里的那种树，叶子怎么一动不动？别打岔！不过说真格儿的，那件事儿自打发生以后，还没有浮出过自己的脑海……可现在，它浮现出来了。

霍普转过身，背对着窗外无声无息、无边无际的灰色，凝视着眼前的房间。房间的颜色像是烧过了头的小牛肉，地上的毯子和墙上高高悬挂的窗帘都是这种颜色；床又窄又小，上面铺着小牛肉色的褥单；桌子同样又窄又小，仅仅配了一把椅子，紧紧收在桌肚里；衣柜也是又窄又小，头顶上很高的地方，悬挂着一盏多头铜吊灯，还是那么小。数一数，有八个灯头，每当夜幕降临，就会发出暗淡、沉闷的灯光。窗帘布很硬，四周镶着白色花边，把原本就已稀疏的日光更彻底地挡在窗外，不过可以向两边拉开，给日光留下一条进屋的通道。窗户又高又大，外面有一条窄窄的阳台，正好可以放下一张绿色铁皮桌和一把椅子。看着阳台，霍普一面暗想：天好的时候倒是可以在这里写作，一面从行李中取出两个大大的文件夹,其中一个文件夹里是一部小说的第一章。小说名叫《月光之下》,她打算利用这段人生中的特殊时期,静下心把小说写完。可她的手却不由自主伸向另一个文件夹并打开,人已走到桌边,顺势抽出桌肚里那张硬邦邦的椅子,一屁股坐下,一切都那么自然,仿佛出于本能。她手中擎着笔,笔帽还没有取下,四下的一切已淹没在如潮水般涨起的思绪之中。她写道:

最最亲爱的戴维:

早上很凉。彭尼洛佩开车飞快,两眼直勾勾地望着路面,头一动也不动,倒像是押解重刑犯去一级警卫的监狱。我想说说话,我可不是每天都乘飞机飞来飞去,医生开的药吃下去起了反应,不知不觉话多了起来。可不管我怎么絮叨,彭尼洛佩还是不理不睬。到了希斯罗机场,她那根绷得紧紧的神经总算松弛了下来,找了辆手推车,把我的东西放到车上,告诉我到哪儿能买杯咖啡。突然间,她走了,我感到糟透了,倒不是伤心,只是感到头轻飘飘的,身边一个说得上话的人都没有。我把杯里剩下的咖啡一饮而尽,站起身四处溜达,留心身边的一切。作家嘛,不就应该如此吗?人人都这样看(只有你除外,你从来都不这样看)。突然间,我在女洗手间的镜子中看到自己,看到自己一丝不苟的尊容,一个念头油然而生:我不该在这儿!我不属于这个地方!看看周围,人头攒动,人声鼎沸,大人叫,孩子闹,人人都一心想要赶到别的地方去。可瞧瞧自个儿,瞧瞧镜子中的这个女人,相貌平平无奇,身形微微有点儿瘦削,身上套了件又宽又大的羊毛衫,手长脚大,脖子细长。一双眼睛倒挺好看,目光迷茫,凝视远方,看不出一丁点儿害人之心。其实我哪儿也不想去,可说出的话,泼出的水,自己怎么也要出去个把月,直到大家都觉得我已经找回了自我才能回来。有那么会儿,只感到自己心乱如麻。这会儿,我已经找回了自我,其实在机场那会儿就已经找回了,只不过自己当时没有意识到罢了。那种感觉怎么说呢?不是在无助中下沉,而是在水面上挣扎,挥手求救。

不管怎么说,总算把那一刻挺过去了,虽然并不太容易。没过多久,我已跻身于全世界最可靠的一群人之中,不用问,他们的目的地都是瑞士。又没过多久,我上了飞机,身边的男乘客颇有点儿魅力,跟我说他去日内瓦开会。我估计,他是名医生,甚至还可以估得更细致些,他应该是名热带病专科医生,因为他说自己大部分时间都在塞拉利昂工作。可最后,却发现自己估错了,原来他的工作同钨矿相关。看来,作家常常引以为傲的观察力也不过如此。不管怎么说,同他一席谈,我感到好多了。他跟我说起自己的妻子和女儿,说他两天内就要回去,跟家人一起度周末,然后就又要去塞拉利昂了。时间竟过得不可思议的快,不一会就到那儿了(真奇怪,我居然说"那儿"而不是"这儿")。他把我送上出租车,过了约莫半个小时,就到了这儿(这会儿,我又说"这儿"而不是"那儿")。过一会儿,我就要开始收拾行李,梳洗打扮,然后下楼,叫上一杯茶。

酒店里几乎空无一人,我进来时只看到一位上了岁数的老太太,身材很矮小,脸上的皱褶像是斗牛犬,两条腿弯得厉害,一向前走身子就左右摇摆得厉害,可脸上还是一副坚忍卓绝、不达目的不罢休的表情,我赶紧给她让道。她拄着拐杖,戴着有天鹅绒饰片的网眼面纱,看上去倒像是哪个比利时糖果大王的未亡人,可给我搬行李的小子一看到她就殷勤地点头哈腰,嘴里低声说:"伯爵夫人好!"作家的观察力又丢了一次脸。不管怎么说,我匆匆忙忙进了自己的房间(几乎被人推进去),也没法留意更多的东西。房间里很安静,很温暖,也很宽敞。至于天气嘛,可以说,风平浪静。

我无时无刻不在想着你,想搞清你到底在哪儿,可办不到。时差还没有倒过来(虽然影响已经小到不能再小了),药力的影响也还没有完全过去,外面满目都是忧郁的柏树。明天是星期五,能想象,夕阳西下,华灯初上时,你驾车向乡下小屋驶去。接下来呢?当然是周末,就到这儿打住吧,我不愿再往下想,你不知道……

写到这里,埃迪斯放下手中的笔,双手揉揉眼睛,然后一只胳膊拄在桌面上,依着桌子坐了一会儿,脸深深地埋在两手之中。接着,她浑身一震,拿起放在桌上的笔,接着往下写。

真可笑,居然会叫你小心照顾自己,你这个人从来就不知道什么叫作小心谨慎,反正我说什么你也听不进去。我亲爱的啊!我爸爸就是这样叫我妈妈的,我想你,真想你!

埃迪斯在桌边静静坐了几分钟,深深吸一口气,把笔帽套在笔尖上。茶,我要喝茶,然后出去散散步,沿湖边走,走好远好远,回来冲把澡,再换上我那条蓝裙子。到那时,也该准备准备,去餐厅吃饭了。嗨!第一步总是如此艰难,连去餐厅吃个饭都是这样。接下来,吃饭总有那一大堆啰唆事儿,估计要耗上不少时间。再接下来呢?就该找个跟自己八竿子都打不着的人聊聊天了,只要不是那位长得像斗牛犬的老太太就好。今晚要早点儿上床,现在就已经感到有点儿乏了。埃迪斯打了个哈欠,感到眼眶已经湿润,接着站起身。

打开行李花了几分钟时间,埃迪斯有点儿疑神疑鬼,把大部分衣物依旧放在行李箱里,幻想着一有机会,自己提上箱子就能逃之夭夭。其实,埃迪斯心里也明白,那些衣物哪儿也去不了,就只能压在行李箱里,变皱,发臭,最终难逃被三文不值二文地处理掉的厄运。这已经无关紧要了。牙刷和睡袍已经拿进了盥洗间,埃迪斯又在镜子前仔细端详了自己一番,似乎也没什么不同。

她拿起手提包，把房间钥匙放进包里，出了房间，带上房门。过道里空无一人，安静到仿佛能感到空气的波动，惨淡的阳光穿过又大又高的窗户，斜射在过道上，过道两边的墙壁似乎还在回味着许久以前的一场盛宴。四下空无一人，走道深处，一扇房门后传出微弱的广播声。

杜兰葛山庄（胡伯家族）是幢既坚固又华丽的建筑，这家酒店历史悠久，声誉卓著，光顾这里的宾客大都举止大方，家境优裕却大都不显山不露水，不少已经告别了职业生涯，安享晚年。总之，这里的宾客大都属于上一个时代，对人彬彬有礼，自己也备受尊敬。那个时代已一去不复返了，不过这家酒店倒也没有与时俱进，改进自己以跟上时代的步伐。说实在的，对于当下这个时代，这家酒店打心眼里有点儿鄙夷。酒店里的家具陈设有点儿沉闷乏味，可质量真是没得说，床上的被褥从来都是一尘不染，服务也无可挑剔。在见多识广的专业人士中，这家酒店可谓声名远扬，也吸引了不少真正有志于酒店业的年轻人到这里来学徒，从这里开始自己的职业入门。可以说，酒店方方面面都精益求精，唯有在这件事儿上松动了一下，开了道小口子。至于待客之道，酒店显得有点儿孤傲，有点儿矜持，有点儿不冷不热、若即若离。到这儿找住处的游客初到之时可能会有点儿不适应：露台上宾客寥寥可数，大厅里鸦雀无声，既没有震得耳朵嗡嗡响的音乐声，也没有恼人的电话铃声和景点导游广告，更没有告示牌指点游客城里有哪些地方可以吃喝玩乐。没有桑拿房，没有美发厅，自然更不会有珠光宝气、熠熠生辉的玻璃柜。酒吧很小、很暗，再加上陈旧老套的陈设，没谁会在里面待多久。酒店似乎在警告住客：纵饮狂欢，无论于公还是于私，都不是什么好事儿。如果实在要喝，就请回房间去喝，要么就到城里的公共酒吧去喝，就算喝得烂醉如泥，反正也没人认识你。每天早上一过十点，就绝少会碰上服务员，或者听到整理房间的声音，既不会听到吸尘器在房间里嗡嗡作响，也不会看到有人推着装满脏床单的小车走过走道。一旦客人去餐厅吃饭，房间里就会传来小心谨慎的沙沙声，说明服务员在房间里忙开了，换下床单被褥，清扫里里外外。客人住宿期间，酒店竟似隐而不见，或许，只有当那些老住客向自己身边的人推荐这家酒店，盛赞这里的好处时，酒店才再也不能隐身幕后，不得不走上前台来亮个相。

住在这里不亚于疗养，绝对隐秘。在保护客人隐私，以及服务谨慎细致方面，酒店堪称完美无瑕。不过，对于许多人来说，所谓谨慎细致似乎并没有什么吸引力，所以酒店通常有一半的客房都空着，而到了这个时节，也就是旅游季节之末，住客更是屈指可数。再往后，酒店就要关门歇业，准备过冬了。不过，无论是在夏季的旅游高峰季节，还是在门可罗雀的旅游淡季，只要住进了这里，所得到的服务绝对没有任何差别，既没有特殊礼遇，更没有白眼和轻慢，仿佛每一位客人都是这里的常客（不少人的确是这里的常客）。自然，没人会向客人们抛媚眼，献殷勤，客人们的需要自然会得到满足，他们的个性也会得到尊重，既然住进了这家酒店，自然就得够得上这里的标准和档次。当然，也不是一点儿麻烦都没有，可一定处理得静悄悄，不走漏一点儿风声。

渐渐地，酒店竖起了自己的招牌：如果你恰好不想引人注意，请住这儿；如果你人生之中遭遇挫折，身心疲惫，想找个地方好好休养一番，也请住这儿。酒店的名称和地址出现在一些专业人士的卡片上，有一些吃的就是这行饭的人，有医生、律师，还有经纪人、会计师。旅行社反倒不知道这家酒店，就算曾经知道，也早已忘记了。还有些家庭每隔一段时间，就会有某个成员惹上这样那样的麻烦，要为他们找个地方避避风头，更是把这家酒店视若珍宝。日复一日，年复一年，酒店的名声就这样传开了。

当然，这是家很棒的酒店，位置也好，就坐落在日内瓦湖畔，景色宜人。阳光虽然算不上灿烂，可与同类型的酒店相比，至少也差不到哪儿去。小城里能让人花钱的地方不多，可也能租到车；可以由此远足，也可以在周边散散步，景致虽谈不上动心骇目，至少也可以令人胸臆开张，心情舒畅。近处的水，远方的山，由这里望去竟出奇的淡，像是早年的水彩画。这个时代，各国的年轻人奔向阳光，冲上沙滩，阻塞道路，占领机场，杜兰葛山庄只是微微一笑，静静后退，骄傲中远远观望。有时，酒店里真是太安静了，孤立于人群之外，但是它知道自己依旧活在一批老朋友的心中。当然，要是有新朋友光临，提出一两个并不算过分的要求，酒店也不会拒人于千里之外。当然，这位新朋友一眼看上去就要能称得上酒店的档次，更要有人推荐，而推荐人往往在胡伯家族那份从世纪之初流传下来的秘密档案上榜上留名。

眼前的楼梯很宽阔，台阶间落差很小。埃迪斯一边下楼，一边已听到一串串笑声,很有分寸,不放纵,显示出良好的教养。应当是从沙龙的方向传来的,午茶时间应该已经到了。埃迪斯循声而去,那笑声就似一双无形的手,牵着她向前走。突然间,传来一阵狗的狂吠,尖锐、愤怒,看来自此之后,这里再没有安宁了。埃迪斯定睛一看,楼梯底层蹲着一条小狗,紧张得浑身发抖,头上的毛很长,连两只眼睛都盖住了。小狗安静了一会儿,可并没有人出现,于是又扯着嗓子吠起来,仿佛在试探面前这个人,活像个婴儿。接着,小狗跪在地上,一动不动,仿佛正在忍受什么难以想象的折磨。就在此时,远处传来一个女人的声音:"琪琪!琪琪!淘气的小狗!"接着,人随声而至,酒吧里冲出一个高个女人,身材极其修长,脑袋不大,不停地点着头,就像只鹧鸪鸟。这女人一直冲到楼梯前,整个身子都瘫倒下去,一把将小狗抱到怀中,一连串热吻已送到小狗身上,接着又直起水蛇般的腰肢,把小狗拥在胸前,仿佛在抱着一块软垫,向酒吧的方向走去。小狗消失后,第一级台阶上留下一摊污渍,旁边的经理绝望地一闭眼,打了声响指,一个身穿白马甲的服务生立即走了过来,蹲下身,手里挥舞着一块大毛巾,脸上没有任何表情,好像对这种事儿早已经司空见惯了。经理走到埃迪斯面前,表示歉意,刚来就遇上这种事儿,实在是抱歉;至于这调皮捣蛋的小畜生,真不知道是从哪儿冒出来的;最重要的是,养这种小畜生的人实在是愚蠢。当然,表达最后一层意思的时候,经理说得还是比较婉转,话虽婉转,立场还是鲜明。

真有意思,埃迪斯暗想。那女人是英国人,那身材也太绝了,八九不离十是个跳舞的。埃迪斯暗自对自己说,过会儿一定要好好琢磨琢磨这个女人。

走进沙龙,埃迪斯不觉一愣,这酒店的房间简单而沉闷,没想到沙龙倒是挺宜人,地上铺着深蓝色的地毯,上面摆放着许多张圆形玻璃桌,桌旁放着扶手椅,样式传统,坐上去一定很舒服。屋里放着一架小小的立式钢琴,一位领口打了蝴蝶结领带的老人坐在钢琴前,正在演奏一支节奏和缓的战后曲子。一杯热茶下肚,再佐以一小片撒着红樱桃的蛋糕,埃迪斯终于鼓足勇气,向四周观望。沙龙里人不多,坐得稀稀拉拉,埃迪斯估计,大多数客人可能要等到吃饭时间才出现。那位满脸皱纹,犹如斗牛犬般的老太太正坐在沙龙里吃东西,满脸严肃的神情,两条腿分得很开,面包屑窸窸窣窣地落到她的膝头,可她一点儿也感觉不到。远处角落里坐了两个男人,在窃窃私语,影影绰绰,也看不清面容。还有一对男女,都一身灰色的打扮,可能是夫妻,也说不准是兄妹,正在查看手中的机票。那男人面前的茶没有喝完,每隔一会儿就到窗户边张望一下,看看接他们的车子到了没有。沙龙里光线充足,气氛融洽,可给人印象最深的还是寂静,简直是死一般的寂静。此时此刻,埃迪斯已认清了自己的处境,轻轻叹了一口气,这里倒也不失为一个好地方,可以安心完成自己的《月光之下》了,虽然这并非自己到这儿来的初衷。

埃迪斯抬起头,目光离开手中的书,其实那本书她一个字也没有读进去。之所以抬头,因为她不经意间感到身边喧闹了起来,欢声笑语正以一位太太为中心,向四周散播出去。这位太太中等年纪,一头栗色长发如瀑布般披散下来,十根指甲涂成猩红色,身上穿着漂亮的印花丝绸长裙,一看就知道不是便宜货,一只手和着音乐的节奏轻轻敲打着桌面,俊俏的面庞上挂着一丝笑容。有这么位佳人在场,那几位侍应也被吸引了过来,围着这位太太团团转,一会儿添茶,一会儿往碟子里添上几片蛋糕。这位太太向侍应们盈盈微笑,目光和煦,如冬日的阳光。接着,她把目光投向那位弹钢琴的老者,目光中暖意更盛。一曲终了,那位老者直起身,合上钢琴,走到这位迷人的太太面前,低低地向她耳语了几句,逗得这位太太发出一串笑声。接着,老者拾起太太的手,轻轻吻了一下,掉头向门口走去,背挺得笔直,浑身上下都似乎在赞赏的目光中熠熠生辉。太太把直起的身子再度依靠在椅子靠背上,端起桌上的茶碟,茶杯举到下颌处,停了下来,抿了一口杯中的茶,姿态甚是曼妙,甚至可以说是在表演,可表演得恰到好处,令人心旷神怡。实际上,这位太太也着实引人注目,有些人一到了陌生的地方就心浮气躁,简直连手都不知道该往哪儿摆,可这位太太身上看不出一丝一毫的焦躁,身处这酒店之中,她真配得上"宾至如归"这四个字,哪怕这是一家空空荡荡,四分之三的客房都闲置着的酒店。

埃迪斯像着了魔一般,目不转睛地望着那位太太,一刻也不离开,她的一举一动,哪怕最微小的动作,埃迪斯都不想错过。那太太掏出一方镶着花边的精致丝帕,轻轻擦拭了下嘴唇,手指上的戒指反射出耀眼的光芒。那太太面前的杯盘碟子撤走之后,埃迪斯急切地想看看她接下来会做些什么,在这样一家酒店,要是孤身一人，身边没个伴儿，下午茶和晚饭时间可不容易打发。当然，这样一位太太身边又怎么会没个伴儿？"我到了。"门外传来一阵银铃般的笑声，一位小姑娘从门外走进沙龙，穿了条白色紧身裤（在埃迪斯看来，也实在太紧了点儿），屁股绷得紧紧的，活像一粒大大的果肉饱满的李子。"到了，宝贝儿。"那位太太大声说道，看来是母女俩。"我刚喝完茶，你要吗？"

"不，不喝了。"那位小姑娘答道。在埃迪斯眼中，这母女俩简直是一个模子刻出来的，不过女儿的肤色更浅一些，也更粗糙一些，显然还是个毛坯，尚未琢磨得像母亲那样精美。

"宝贝儿，"母亲大声说，"多少喝点儿，你肯定累坏了。按下铃就好了，马上就能端上来。"

一位女侍应已向母女俩走来，母女俩立即挂起迷人的微笑，请她端茶上来，神情中满是自信，确信茶不一会儿就会摆在眼前。女侍应一走，母女俩的神情又松弛下来，开始低声说话，不时发出一两声愉快的笑声，任埃迪斯竖起耳朵，也只能听到只言片语。装着茶杯、碟子的第二只盘子端了上来，母女俩又挂起迷人的微笑，向女侍应微微点头，表示感谢，然后又低声交谈起来。那姑娘似乎意犹未尽，仿佛眼前这出传统戏还能延长、延长、再延长，可那位穿着印花丝绸长裙的母亲却说："够了，宝贝儿。"说完，她又把身子靠在椅子背上，仔细端详着面前的女儿。

女儿应该二十五岁上下，埃迪斯暗自思忖着，还未出嫁。当然，这姑娘不愁嫁不出去。埃迪斯想象着那位母亲脸上挂着的精致的微笑，对自己说："这孩子已经有主了，别心急。现在她挺开心，开心就好。"年轻的女儿冲动、毛躁，肯定会让刚才那位弹钢琴的老者好好思忖一番。埃迪斯确信，那位老者对母亲的关注肯定不止一两天了。打住，埃迪斯对自己说，别再为别人编织人生了。人家过得不是挺好的吗？自己何苦庸人自扰。突然间，她感到心一阵紧缩，自己怎么就没有这样一位母亲？脾气这么好，举手投足这么优雅，坚持让女儿一定要喝杯茶，哪怕已接近下午六点。接着，她的心又是一阵紧缩，自己怎么就没有这样一个女儿？那样自信，无论身处哪里都泰然自若……母女俩都是英国人，不过不是她所熟悉的那种类型，肯定家财万贯，锦衣玉食，人生之路花团锦簇。看母女俩的样子，人生对于她俩来说一向如此。

终于，母女俩打算走了。母亲两次使劲，想把自己的身躯从椅子上撑起来，可偏偏那个捣蛋女儿在她身边绕来绕去，好像故意在她将起未起的节骨眼上，把她的身躯又按回到椅子上去。看着那位母亲，埃迪斯的眼中掠过一丝惊奇的神色，她看出来，母亲的关节很僵硬，坐在椅子上时，这位母亲浑身都散发出既年轻又成熟的魅力，远远望去更是令人心旌动摇，可一等到她站起身，魅力便荡然无存。埃迪斯沉默了一会儿，心里暗暗把母女俩的年龄调整了一下。她原本估计，母亲五十向上，六十不到，女儿吗，二十五六吧；现在，她把母亲的年龄上调到六十向上，女儿也相应上调到三十出头。不管怎么说，母女俩的相貌真是没得说。埃迪斯坐的地方正好面对着那位母亲，不过隔得挺远。这会儿，那位母亲终于从椅子上站起身来，向埃迪斯的方向点点头，微微一笑，然后和女儿一道走出了沙龙。最后那一笑使得埃迪斯心里一阵欢喜。

接下来做什么呢？无事可干，只能出去散散步了。走出静谧的花园，穿过一道铁门，再穿过人来车往、川流不息的马路，就是湖岸。埃迪斯沿着湖岸，迎着黯淡的夕阳，信步走过去。一过了城里唯一的一个十字路口，四下便寂静下来，埃迪斯觉得，自己可以一直这样走下去，无人打搅，只有想象和自己做伴。自己怎么就会被放逐到这孤单寂寞的伤心之地呢？谁又应对这一切负责？不过，这一刻埃迪斯心中所想的倒不是这些。还有这鬼天气，怎么对客人这样不友好？灰暗、朦胧，到处都罩着一层轻纱，披着一层薄雾，难道这也是这趟旅行的额外磨难吗？要知道，自己走得匆忙，什么厚衣服都没有带。湖面波澜不惊，没有一丝涟漪，路边一盏孤灯发出惨淡的灯光，把树上软塌塌的树叶映成一片亮亮的碧绿色。埃迪斯暗自咬牙，要是自己不想待在这个鬼地方，拔腿就能走，谁管得了？又没人用绳子绑住自己！可还是要试一下，哪怕只是为自己回去后能舒服点儿。其实，这里也不是一个人都没有，再说了，自己也确实需要休养上一段时间，或许就待上一个星期。凭自己温顺的个性，别人说什么都信，很少有过多疑问，相信在这里也肯定能开开眼界，见识不少新鲜东西。当然，这里的人没有谁能进得了我的小说，不过也不尽然，那个长手长腿，还养了条吵人小狗的女人就有点儿意思，还有那对叽叽喳喳的母女，到哪儿都一副泰然自若、高枕无忧的样子，她俩又干吗到这个鬼地方来？嗨！女人，女人，尽是女人！自己还是喜欢跟男人一起聊天。哦，戴维，我的戴维，埃迪斯感到心又痛起来。

埃迪斯沿着湖岸走下去，心中所想的尽是梦境中悄无声息的漫步，自己一手牵着一个朋友，一个叫疯狂，另一个叫宿命。犹如身陷梦境之中，这会儿埃迪斯也感到悲观绝望，可同时又感到阴暗冰凉的好奇，牵着她的手，拉着她向前走，仿佛一直要走到路的尽头，直到此次旅行的目的如落日下的彤云，赫然悬挂在半明半暗的天幕之上。夕阳已没，夜色如盖，埃迪斯心境如斯，再加上眼前这条小径的模样，一切似乎在预兆着厄运的降临。或许会受到惊吓，或许被出卖愚弄，至少也会赶不上火车什么的，或者出席重要场合，却发现自己身穿破衣烂衫，更可能什么都没穿。路灯散发出梦幻的色彩，光怪陆离，闪烁不定，播撒在这条稀奇古怪的朝圣之路上。不过，埃迪斯还是留意到了现实世界的一些实实在在的特征：脚下是一条碎石小径，向前方笔直延伸，路两旁是夯实的泥土地，上面种了两排树。一排树紧挨湖岸，不过此刻已被夜色吞噬；另一排树理应靠着小城一侧。这城市也实在太小了，城里的一切过于井井有条，既听不到尖锐的刹车声，也听不到让人心浮气躁的汽车喇叭声，更听不到情人、朋友告别时夸张的告别声。从小城的方向只传来一阵轻悄悄的沙沙声，越过树头，飘入埃迪斯的耳中，那是车辆鱼贯而行，夜色中循规蹈矩地向家的方向驶去。相较之下，她自己踏在碎石路面上的脚步声反倒响得多，实在是太响了，吵得她心神不宁。埃迪斯干脆走下小径，走上沿湖一侧的泥土地，踏着柔软的泥土继续前行，走了好一会儿才又出现一盏路灯。埃迪斯没有停下脚步，仿佛在这个孤寂的地方，就只有她一个人还在室外，一步步前行。湖面上，<u>丝丝白雾裹挟着阵阵寒气袅袅升起</u>，可埃迪斯看不到，只感到寒气穿透她身上那件宽大的羊毛衫，不禁打了个冷战。她在泥地上又走了好一会儿，神色越来越凝重，依旧一声不出，向前迈着双腿。最后，她终于觉得够了，该回头了，于是掉转身体，向来时的方向走去。

踏着暮色走来,埃迪斯远远就望到了酒店的轮廓,已是华灯初上时分,从外面看上去还挺辉煌热烈,可真正的住客却知道,那不过是假象。埃迪斯暗自打气道:"一定要加把劲!"可她自己也知道,另一种女人此刻更可能会世故地叹口气,然后自言自语道:"看来要注意一下自己的形象了。"

酒店大堂里灯火辉煌,却静悄悄地没有一丝儿声响,电视间传来模糊的人声,不知从何处飘来烤肉的香味。埃迪斯走上楼,回到自己的房间,换下身上的衣服。

老胡伯先生正坐在办公桌后面,享受一天中最快乐的时光。他已退居幕后,但依旧精力十足,对于酒店当下的经营,他只会提出善意的建议,就算有时要干预一下,也一定会不动声色。这会儿,他打开住客登记簿,看看谁走了,谁又来了。生意虽然惨淡,不过在这个季节,一点儿也不出奇。冬季到来,酒店就要关门歇业了,在此之前的一个月中,住客率要是能超过一半就算是奇迹了。那家德国人终于走了,临走前的那通吵,超越四层楼板,直达他设在五楼的会客间。午茶后,从海峡群岛来的那对老夫妻也走了,他俩总是古古怪怪的。有个会议将在日内瓦召开,或许会带来一些零散客人,在这里住上一两天,周末回国。剩下的几乎都是常客了:博纳伊伯爵夫人,普西太太和她女儿,还有那位带了条狗住进来的女士,胡伯先生不愿说出那位女士的名字,她先生倒是颇有些来头,更曾令他那个女婿受其恩惠。新住进来一位:埃迪斯·约娜·霍普,奇怪,一位英国女士怎么会起这样的名字?或许,她祖上不是英国人;或许,不是什么正经女人。当然有人推荐,可做酒店这一行,谁又能对每位住客都知根知底?

# 第二章

"说一千,道一万,女人还是喜欢古老的神话:总有一天,白马王子会找上门来,女人对此确信无疑,哪怕她们已输得一败涂地,愿望依旧藏在心底,难以释怀。她们暗暗等待着那一天的到来,穿上最漂亮的衣服,透过门缝儿,看着自己的英雄跨五洲、越四海,他一路斩将闯关,只为在这一刻能带走自己的心上人。"

埃迪斯已换好衣服，准备下楼吃饭。她上身穿了件丝绸套头衫，细长纤巧的脚上套了双普普通通的充气球鞋，可她仍未下楼，还在磨蹭，东摸一下，西碰一下，一直赖到最后一刻，才肯下楼去餐厅，去享用她住进酒店以来在公共场合的第一顿饭。她甚至为《月光之下》写了几小段，可写好了才发现，这几段同《石头和星星》简直如出一辙，于是又统统划掉了。就在笔尖在稿纸上打着叉时，埃迪斯灵机一动，心头一片雪亮。哦，下次重写时，必须如此这般。明天的工作总算有了个计划，埃迪斯也好像服下一颗定心丸，合上活页夹，拿起手提包和房间钥匙，坚毅地踏出房门。

走上过道不久，还是在上次的老地方，传出收音机的声音，不过这次还夹杂着盥洗室的水声。埃迪斯向楼梯走去，骤然闻到一股玫瑰香味在空气中飘荡。刚刚这里肯定有人走过，她暗想，而且此人还肯定精心打扮了一番，才肯在众人面前露面。会不会是那位带宠物犬的女士？埃迪斯想象着她走进餐厅时的样子：时间已颇晚，那女士肚子也瘪了，可脸上依旧挂着冷傲的神情，大踏步走进餐厅，小狗夹在她腋下。嗯，一定要和她攀谈攀谈，吃晚饭肯定又是无所事事，埃迪斯沉思着。

楼下空无一人，埃迪斯这才意识到，自己到得太早了。四下一片寂静，只有酒吧方向传来男性压低嗓门的交谈声，没有欢声笑语。埃迪斯真想走进酒吧，点上一杯滋补杜松子酒，却下不了决心。她走进沙龙，挑了张小圆桌坐下，拾起桌上的一份报纸，是《洛桑时讯》，皱巴巴的，肯定是别的住客落下的。奇怪的是，怎么没人把报纸收走？这家酒店的清洁工作不是一向以无微不至而著称吗？就在此时，那位脸上皱纹如斗牛犬的老太太出现在门口，埃迪斯暗想，如果以后要和这位老太太打个招呼，千万可别忘了用别人的尊称。老太太穿了件日晚两便的黑色长裙，白天时的蓝色面纱和发髻网这会儿已换成了黑色，面纱上还点缀着几片样式有点儿奇特的金属箔片。她举起手中的拐杖，朝埃迪斯的方向一指，嘴里发出"啊"的一声。埃迪斯举起手中的报纸，脸上露出询问的微笑，仿佛在问："是不是这个？"博纳伊太太点点头，然后晃晃悠悠地穿过桌椅丛林，向埃迪斯走来。埃迪斯赶紧起身迎上去，可没想到这位老太太走得一点儿都不慢，自己刚刚走过两张桌子，老太太已走到身前，说了句"谢谢"，说完又举了举手中的拐杖。"别客气，"埃迪斯答道，说完回到自己的座位上。嗨，谁会想到，这竟然是自己住进酒店以来说的第一句话。

埃迪斯重新坐下，身子靠在椅背上，微闭双目，养了会儿神，让压在心头的担惊受怕缓缓形于面色之上。今晚该怎么熬！她一向不喜欢在公共场所吃饭，哪怕有人陪也不喜欢。想起离开伦敦前吃的最后一顿饭，埃迪斯不禁打了个冷战。那天，她的经纪人，哈罗德·韦伯请她到外面吃饭。显然，哈罗德意在鼓舞埃迪斯的精神，提升她的士气，一再表示对埃迪斯绝对有信心，甚至还透露，下一本小说会为埃迪斯多争取点儿稿酬预支。哈罗德点上一根雪茄，对埃迪斯说："风暴总会过去。"埃迪斯的这位经纪人性格和蔼，学识深湛，虽然看上去像是位乡村医生。既然从事经纪人这一行业，免不了要迎来送往，吃喝应酬，虽然他对于这一套打心眼里颇为厌恶。可这次，他居然带埃迪斯去了一家如大教堂般高大堂皇的餐厅，顾客们渺小的身躯犹如在做礼拜的信徒，等着圣餐送到自己跟前。哈罗德点的是鱼排，鱼肉煎得恰到好处，微微卷曲，看来这已经是这家餐厅最简单的菜式了。哈罗德刀叉并下，干净利落地把鱼排消灭干净，埃迪斯却用忧郁的目光凝视着远方，心中想着，要是能来杯毕雷矿泉水该有多好啊。

交谈并不融洽，哈罗德沉默了好一会儿，开口说道："我喜欢你的新计划，可还是要告诉你，爱情小说的市场已经不同以往了。现在流行的是职场女强人的性奇遇，到处都是手提公文包的年轻小妞。"

埃迪斯一言不发，于是哈罗德摆弄起盘子边上用胡萝卜片叠成的小扇子，摆弄了一会儿，又回到正题。"你说，她去布鲁塞尔公干，都会带些什么？"

"不是布鲁塞尔，是格拉斯哥。"埃迪斯纠正道。

"什么？哦，就算格拉斯哥吧。不管怎么说，她要自信、自由、乐趣无穷。晚上孤身一人住酒店，她想要点儿什么东西，煽起她自我中的火焰；她想要有面镜子，能照出她自己的生活方式，让她自己看个明白。"

"哈罗德，"埃迪斯说道，"这种人我一个也不认识。这意味着什么？意味着你在这儿贩卖的这一套都是批发来的，我看出厂不会超过五年。不管怎么说，她要真那么喜欢自由，找家酒吧，随便勾搭个男人不就得了，还谈什么情，说什么爱？大多数女人不会那样，知道为什么不会？"埃迪斯问道，语气中顿时又充满了自信。"说一千，道一万，女人还是喜欢古老的神话：总有一天，白马王子会找上门来，女人对此确信无疑，哪怕她们已输得一败涂地，愿望依旧藏在心底，难以释怀。她们暗暗等待着那一天的到来，穿上最漂亮的衣服，透过门缝儿，看着自己的英雄跨五洲、越四海，他一路斩将闯关，只为在这一刻能带走自己的心上人。无论他积累了多少财富，取得了多大的成就，同心上人相比，一样不值一提，随时可以弃之不顾。啊，但愿那天会到来。"说完这番话，埃迪斯的气息已粗重起来，一伸手，把叉子尖上的一片猕猴桃重重甩到盘子上。哈罗德看着埃迪斯深陷的面颊，紧绷的嘴唇，心中暗想，这女人还真像是当年大名鼎鼎的布隆斯伯里俱乐部的一员。

"好了，亲爱的，你永远正确。"哈罗德说道。那桩事儿已经够她烦心的了，哈罗德实在不想再加重她的心理负担。"我只是觉得……"

"你知道人们最喜欢哪个神话？"埃迪斯又开了腔，声音比刚才清脆了点儿。哈罗德微微一扬手，示意侍应去拿账单。"龟兔赛跑，"埃迪斯大声宣布，"人人都喜欢这个故事，尤其是女人。注意到了吗，哈罗德，在我的故事中，笑到最后的都是那些衣着朴素、举止腼腆，像小白鼠一样怯生生的姑娘，而不是那些什么都不在乎，什么都瞧不上眼的花蝴蝶。那些花蝴蝶倒也可以爱得天翻地覆、死去活来，可到头来，她们的男人还是会离她们而去，再也不会回来。乌龟和兔子无论赛跑多少次，在故事中，赢的总是乌龟。当然，这些都是骗人的鬼话。"埃迪斯说得眉飞色舞，语气中满是自信和权威，却没有留意到叉子尖上的那片猕猴桃又滑了下来，跌落到盘子上。"真实生活中，赢的总是兔子，从来如此。看看身边吧，哪儿不是这样？不管怎么样，我觉得，伊索写这个故事，根本就是写给乌龟们看的。"埃迪斯的嗓门儿在兴奋中上升了好几级。"兔子们可没有时间去读书，它们要忙着赢比赛，哪儿还有时间读书？可宣传偏偏要反过来说，因为乌龟们需要安慰，就像人们总是说，温良恭俭让吧，你将拥有整个世界。"说完，埃迪斯咧嘴一笑，沉默了一会儿，把注意力转到盘子上的食物上，把剩下的东西一股脑塞到嘴里，然后仰面靠在椅子背上，继续沉浸在自己方才那番话中。

哈罗德暗想，不愧是教授的女儿，还真不是浪得虚名。不过，她还是可以信赖的，过不了多久，她就会重新开始创作。让她修养上一段时间吧，她还是能拿出点儿东西来的，虽然不会有什么大出息，销量还是有保障的。

"当然，"埃迪斯一边说，一边用调羹舀起一小块肥皂颜色的方糖，放到面前的咖啡中。"你也可以说，兔子会受到乌龟身边那帮说客的影响，变得更成熟、更圆滑，动作也慢了下来。可兔子就是兔子，永远知道自己出类拔萃，永远不会把乌龟放在眼里。

因此，最后赢的总是兔子。当然，这一切只发生在生活中，而不是在故事中，至少不会出现在我的故事中。生活还不够残酷吗？干吗还要延续到我的故事中？我相信，我的读者读的是我的小说，而不是去读生活。知道吗，哈罗德，我的读者几乎都是安分守己的良好市民，对他们而言，也对我而言，那些超级性感、拎着公文包卖弄风骚的漂亮小姐还是到别的地方去吧。她们有大把地方可去，只要有市场，就有唯利是图的人。"

"看出来，你又回到老一套上去了。"哈罗德一边说，一边取出一本厚厚的笔记本。

餐厅外的街道车来车往，川流不息，站在街道旁，埃迪斯对哈罗德说："谢谢这顿饭。"自己这位经纪人可谓热心，又不会手长脚长，招人讨厌，就要离开他去远行了，刚才还没有什么，这会儿却越来越感到心情在变化。自己走了以后，哈罗德就是唯一可以信赖，可以保持联络的人，也是唯一一个知道自己要去哪儿的人。嗯，就算不是唯一一个，也差不多吧。埃迪斯凝视着哈罗德的眼睛，心想，这顿饭可花了他不少钞票，她敢担保，过不了一个小时，哈罗德的肚子又会咕咕叫起来。至于她自己，没胃口，毫无胃口。最近一段时间，任面前是美味珍馐，送到嘴里也是味如嚼蜡。连自个儿是谁都不在乎了，谁还有心情去贪图那口舌之欢？可一想到自己亲手为戴维做的那些小点心，埃迪斯的心不禁又荡漾起来。煎蛋拼盘，还有水煮蛋，有时，她和戴维在床上耳鬓厮磨，一直到半夜这样尴尬的时候才起床。这时，戴维总要吃上不少，一直磨蹭到最后一刻，才放下手中的盘子，走上空无一人的街道,向荷兰公园的方向赶去。戴维一边吃,一边会深情地说:"在家里可吃不到这么好的东西。"说完,又叉起一小块煎肠,放到煎蛋的蛋黄里。她自己呢?身上穿着睡服,局促不安地望着自己的心上人,手中捧着一碟炒青豆。凭自己的专业眼光,埃迪斯能看出,戴维的胃口大如牛,然后取过一只碟子,往里面再添上几勺蛋奶。这时,戴维会满足地轻叹一声,说:"神仙也该知足了。"他皮肤白皙,身材瘦削,任饮食中富含多少卡路里,也不会发胖。肚子填饱了,戴维坐在椅子上,身子靠着椅背,问道:"有没有茶?"埃迪斯看着他喝茶,注意到他的四肢越来越舒展,动作越来越敏捷,神情也越来越坚定。最后,他抬起双臂,十指缓缓叉过深红色的短发,这时,埃迪斯知道,心上人正在转变之中,接下来就要穿衣走人了,又变回那个自己不是很了解的戴维。袖扣、手表,这些都属于另一个戴维,来自于他的另一段人生。那是怎样的人生?每天早上,他的妻子对孩子们呼呼喝喝,快!快!看谁会迟到。最后,埃迪斯觉得,面前的戴维已完全变成了个陌生人,可她会藏在窗帘后面,看着他脚步匆匆走向停在街边的车,接着,寂静的街道上就传来发动机的轰鸣声,渐远渐小,直到四下重归平静。每次戴维走,埃迪斯都感到,此别已为永诀,戴维再也不会回来了,可他总会回来,或早或迟,总会回来。

  埃迪斯觉得自己什么也不想干,就在等着自己的心上人出现。可虽说自己什么也不想干,还是完成了五部小说,每本都不算短,也证明了自己其实也不是只会躲在窗帘背后,等着自己的男人回来,就像丁尼生笔下的夏洛特夫人一样。那是什么样的日子?对了，就像乌龟。正因为如此，埃迪斯喜欢写乌龟，因为她自己就是只乌龟。

现如今，我可是只彻头彻尾的乌龟了。埃迪斯睁开眼，环顾空无一人的沙龙，就在此时，一位侍应的身形出现在门口，胳膊上搭着条雪白的毛巾。埃迪斯暗下决心，早也要吃，迟也要吃，趁早去餐厅把晚饭解决掉吧，然后就回房间，一个人静静地待上一会儿，好好思考思考。药效似乎已经过去了，站起身时，埃迪斯感到一阵头晕目眩，想张大口打个哈欠，又硬生生忍住，喉头隐隐作痛。爸爸要是在，肯定会说，这种时候最能看出一个人的品性。埃迪斯几乎是在强迫着自己，向着餐厅的方向走去，准备好到那儿坐下来吃饭，这样对自己好，然后保持心境平和，越久越好。

餐厅里实际上很是宜人，透过长方形的窗户，可以望到花园，不过此刻那里已是漆黑一片。桌上的桌布一尘不染，上面点缀着几枝颇为素朴的花。同沙龙一样，餐厅里也是空空荡荡，角落那张桌子旁坐了四个男人，都是穿一身灰色，用埃迪斯方才在沙龙中已见识过的那种单调沉闷的语调低声交谈，对周围的一切全然不顾。博纳伊太太也在餐厅中，沉稳地咀嚼着嘴里的食物，脸上没有一点儿表情。老太太喝酒的样子倒是挺与众不同，一抬手，一扬脖，已经往嘴里倒了一大口红酒，竟好像要用红酒冲刷牙缝间的碎屑似的。时不时，老太太会把两只手都放到餐桌上，等着在下一轮消灭掉更多的盘中餐和杯中酒。这次，埃迪斯能看见，老太太蜡黄的手指上戴着好几枚戒指，其中一枚原本有大大的图案，可如今上面的纹样已差不多全磨平了。想不到，那位爱狗女士也在，就坐在博纳伊太太隔壁桌，一件薄薄的真丝双绉衫挂在细细的脖颈和瘦削的肩头，显得她颇为憔悴。看她现在的样子，埃迪斯着实觉得有些意外，她原本已为这位女士在心中画了一幅画像，每当她出现，至少也要穿这样，戴那样，可看她眼下的样子，同埃迪斯心中的形象实在相差太远。一位身穿白马甲的侍应站在她身后，面无表情，倒像是她的贴身随从。那条叫琪琪的小狗也蜷曲在她的脚下，那位女士每隔一会儿就会放下手中的刀叉，抱起琪琪，把脸贴在小狗毛茸茸的身躯上。哦，那张脸，已初露岁月的风霜。岁月就如同一双无形的大手，终有一天也会把这张脸搓揉得皱褶，一点点随风散去，谁又会记起它昔日的荣光？这会儿，琪琪已坐到那位女士的腿上，那位女士挥舞着手中的叉子，不像是在吃饭，倒像是位攻防频频转换的击剑选手。她做出一副大口进食的样子，不过埃迪斯看得分明，她每一举叉子，叉头上就有不少东西向桌面飘落，有趣的是，却从不会落到桌面的台布上。每当撒落的食物就要落到桌面之上时，琪琪总会机敏地一扬首，一张嘴，把食物叼进自己的嘴里，倒像是只训练有素的海豹。看到这幅情景，埃迪斯终于明白，琪琪的价值原来体现在多个方面。那个侍应站在那里，面无表情，一动不动，似乎完全是个摆设，直到领班向他微微一点头，他向前一探身，拿起桌上剩下一半的弗拉斯卡蒂酒，迈着坚定的步伐，向餐厅远处的角落走去。几分钟后，又迈着同样坚定的步伐走回来，手里多了一大杯冰激凌。他把冰激凌放到那位爱狗女士桌上，接着又站到她身后，脸上依旧没有任何表情，一言不发。那位女士眼睛转了转，曼妙的目光向埃迪斯投来，做了个鬼脸，表情既复杂又微妙，接着又全神贯注地对付起盘中的食物。真是位表演好手，埃迪斯暗想，她是怎样的一个人呢？一位身材高挑的舞蹈家，在外国出了名，赚了钱，到这儿来安度晚年？干吗是这里？

饭菜端了上来，热腾腾，香喷喷，埃迪斯实在想不到，自己居然吃得津津有味，身体也似乎每分钟都在恢复。这会儿，感觉稍稍敏锐了点儿，埃迪斯环顾四周，把餐厅扫视了一圈。餐厅里也实在没什么好看的，那四位一身灰色的男士依旧沉浸在自己的交谈中，有两对年轻男女坐在窗边，望着窗外已是漆黑一片的花园，显然，这两对年轻人是城里来的，到山庄来享受一夜的浪漫。餐厅里还有位圆滚滚的年老长者，埃迪斯不知道，其实这就是胡伯先生。胡伯先生一边吃着饭，一边留意身边的一切，将人生的两大乐事融为一体。四周的一切无不正合他的心意，可他还是没有忘记把餐厅中所有的侍应叫到自己身边，低低地对他们训诫一番，接着，所有侍应四下散去，回到各自的岗位上。埃迪斯暗想，旺季已过，淡季到来。这时，那位爱狗女士站起身，脚下一滑，餐巾掉落地上。她身后的那位侍应已跨出一步，打算伸出手扶住她，可她已站稳了脚跟，弯下腰，抱起琪琪，一扭头，向那位侍应投去饱含感情的一瞥，然后深吸一口气，打算优雅退场。博纳伊太太此时已把双手放到了桌面上，打了个响亮的饱嗝。胡伯先生微闭起双目，再睁开双目时，埃迪斯注意到，他脸上的每一块肌肉都在舒张，满脸都是喜不自禁的表情。顺着胡伯先生的目光，埃迪斯很快就发现了令他喜不自禁的原因，那位衣着艳丽惹眼的女士，也就是那位一定要女儿喝茶的母亲，此刻已出现在餐厅门口。她穿了件蓝色镶花边的晚裙，耳环上镶嵌的钻石闪闪发光。这位女士站在门口，似乎还有些迟疑不决，直到她确信餐厅中已经有人注意到了她，也一定会欢迎她，这时才迈着优美的步伐，走到自己常坐的座位上，坐了下来。她女儿也跟着她一起走了进来，穿了件无袖黑色长裙，一边走，一边左顾右盼，好像是位接受粉丝献花的大明星。

这一幕可不能错过，埃迪斯暗暗对自己说道，又往杯子中倒了一杯水。此刻，面对这母女俩，她感到既强烈，又说不清、道不明的情感在心底涌动，其中既有好奇、嫉妒，也有欣喜和着迷，此外还有挥之不去的恐惧感。每当有强人出现在面前时，埃迪斯都会感到恐惧，而这对母女无疑很强。不过，这母女俩为什么会出现在这个地方呢？看来她俩背后也有故事，像她俩这样的人，原本应该出现在更热闹的地方，看那帮侍应簇拥在母女俩身边，有的拉椅子，有的翻菜单，有说有笑，还有疑问吗？这母女俩一走进餐厅，那位爱狗女士如晨星遇到朝阳，烛光遇到篝火，顿时黯然失色。那位女士扭过头，看了看母女俩，脸上露出复杂的神情。埃迪斯也留意到，自己和这母女俩已打过照面，她俩却根本没有注意到自己，又一阵恐惧感如丝如缕，从她的内心深处向上延伸。不过，留在这儿，观察观察这母女俩还是值得的，这母女俩简直就是活力和魅力的化身，不单外表光芒四射、魅力袭人，吃起东西来的胃口更是不相上下，好得惊人。只见母女俩谈笑风生，刀叉并举，风卷残云般将桌上的四道菜一扫而空，同时还订下了第二天的计划。埃迪斯听到女儿对妈妈说："你什么时候订的车？记得提醒我，把鞋子取回来。"吃完饭，母女俩就像许多贪吃又管不住嘴的女人一样，仰面靠在椅子背上，刚刚满桌饭菜下肚，此刻竟似什么也没有发生。但看其表面，这母女俩还真是天真无邪。

母女俩起身，向餐厅外走去，埃迪斯远远跟在她俩身后，耷拉着脑袋，紧跟她俩的步伐节奏，走走停停，鼻中嗅到一阵阵玫瑰露的香味（直到这一刻，她才搞清过道上的玫瑰香味来自何方）。母女俩走进沙龙，挑了张桌子坐下，埃迪斯在离她俩不远的地方坐下，仿佛母女俩浑身都散发出迷人的光芒，坐得近点儿，自己也能沾上点儿光，变得更加勇敢，更加自信。母女俩等着侍应端上咖啡，各自掏出一方小小的梳妆盒，对着小小的梳妆镜，神色凝重地端详着自己的面容。当然，看完了要补补妆，用唇膏涂涂嘴唇。弹钢琴的老者已在钢琴旁落座，弹奏起一支不知名的曲子，一头栗色长发的母亲扬起脸，向老者报以微微一笑。

轻柔和缓的音乐声中，母亲放声说道："啊，诺尔，你小子可真是个天才。"

"小子"？听到这两个字，埃迪斯意识到，某人的年龄恐怕又要调整调整了。还没等她完成调整，那位女儿已站起身，双手伸到背后，在丰满的臀部上抹了两把，把裙子上的褶皱抹平，向埃迪斯的方向走来。这姑娘脸庞挺大，皮肤很白，此刻已是满面红光。走到埃迪斯跟前，她说道："能赏个脸吗？妈妈想请您过去喝杯咖啡。"

长夜漫漫，百无聊赖，有人邀请同桌共饮，虽然只是一杯咖啡，无疑也是极大的解脱。于是，埃迪斯满面春色地站起身，跟着那位女儿走到她们的桌前，向那位母亲微微一点头，说道："您真是太客气了。我叫埃迪斯·霍普，今天刚到……"

　　那位母亲答道："我叫普西，艾瑞斯·普西。"

　　"您好，您到这儿……"

　　"这是我女儿詹妮弗。"

　　大家齐齐落座，相互对视，目光中闪烁着期待。

　　咖啡上来了，普西太太直起身，取过自己的那杯，说道："我对詹妮弗说，去请那位女士过来一起坐坐，一看到有人落单，我心里就不是滋味儿，夜晚尤其如此。"普西太太再度落座，埃迪斯也再度向她微微一笑。

　　"我就说嘛，瞧她那双眼睛，真忧郁。"

# 第三章

　　这个魅力十足的女人，俘获人心就是她快乐之本，满脑子都是如何施展自己的女性魅力，让别人（管他是男人还是女人）拜倒在她的石榴裙下，人生之乐事莫过于此。所有这一切普西太太做得是那样自然，毫无惺惺作态，丝毫不影响到她对别人的尊重。

次日清晨，房间里静悄悄。

埃迪斯一觉醒来，不觉室外已是云霞满天，泛着红色的光辉。躺在一张陌生的床上，她小心翼翼地撑起身子，斜眼瞥了瞥腕上的手表，想看清现在的时间。应该不会很晚吧，还记得之前醒过一次，听到门外过道不远处传来关门的声音，可一看清手表上的指针，不由吓了一大跳，居然已经快八点了。窗外的阳光伸出一根手指，把拉得严严实实的窗帘布挑开一道小缝儿，似乎在表示，今天是个好天气。埃迪斯抓起电话，叫服务员把早餐送到房间里来，然后起身下床，拉开窗帘，推开落地窗，走到外面窄小的阳台上。她穿了件长睡袍，可早晨的风还是寒气逼人，不禁机灵灵地打了个冷战。湖面上的雾霾已一扫而空，遥远的正前方耸立着群山青黛色的身影。埃迪斯凝望远山的方向，目不转睛，只觉得远山的轮廓越来越清晰，体量亦越来越巨大。由阳台向下望，湖边栈桥边停了艘小摩托艇，发动机发出轻柔的突突声。这时，船长出现了，上身的外套白如初雪，下身穿着防水裤，正准备去送今早的新鲜鲈鱼。

早餐送来了，埃迪斯觉得这个侍应有点儿面熟，原来就是昨晚餐厅中，一直面无表情地站在那位爱狗女士身后的那位。只见他把手中的托盘高举至肩头，手臂一转，已把托盘轻盈地传送到房间里的小桌上，半空中似乎还闪动着一道优美的弧线。

"谢谢，"埃迪斯说道，觉得自己嗓子里发出的声音怪怪的，好像不是自己的。毕竟，她已经有好一阵子没开口说话了。"外面凉吗？"

"夜里山上下雪了。"年轻侍应神情严肃地答道。

这侍应可真年轻，可干起活来偏偏板着脸，一丝儿笑容也没有。或许刚满十八吧，头发短得像苦行僧，再加上那副风吹不变、雨打不惊的表情，俨然已是个老手。嗯，手上的技术也不赖。这类人，该怎么形容好呢？绅士身边的绅士，各种秘密的保险箱，心中充满荣誉感（当然，那是属于他们自己的荣誉感），主子身边值得信赖的仆人。

"你叫什么？"埃迪斯柔声问道。

年轻的侍应已走到门口，听到埃迪斯的问话，转过身，微微一笑，露出套着牙套的门牙和一双充满信任的眼睛。从这双眼睛中，终于看出他还是个大男孩，虽然给自己选了份儿沉默寡言的工作，可只要有人向他示好，还是挺开心。

"阿兰，"年轻侍应答道，"叫我阿兰。"

埃迪斯喝着杯中的咖啡，回想起昨天晚上发生的一切，总算有所收获，身边的人开始能叫出名字了，此时此地，每日发生的事，渐渐有了固定的形和质。原本，意识到自己身边的一切正在浮现时，埃迪斯心中还有几分担心，几分害怕，唯恐自己在此时此地的存在也成为事实。可与普西太太母女一席谈，听到那么多离奇的事情，那么多有趣的事情，那点儿担心也迅速被抛到九霄云外，全然不见了踪影。更准确地说，只是与艾瑞斯·普西一席谈，女儿詹妮弗更像是母亲的影子，虽然她块头不小，相貌也颇能吸引人的眼球，可偏偏没有多少话说。有那么一两次，望着詹妮弗堆满笑容的大脸庞，埃迪斯甚至觉得，她人虽然坐在这里，心早已飞到别处去了。

不管怎么说，艾瑞斯·普西是舞台的中心，如同凌晨天幕中最亮的那颗星星。和所有星星一样，只有遮挡住其他星星，才能展露出自己的光华。关于她自己，普西太太欲言又止，埃迪斯也不必把自己的情况介绍一番。在普西太太身边坐了不一会儿，埃迪斯竟似已成了她的至交好友，倾诉衷肠的对象。埃迪斯暗想，这位太太肚子里的话可真多啊！嗨，有些人的人生怎么就如此繁忙！艾瑞斯·普西每年到杜兰葛山庄小住一番，只有一个原因——购物。之所以要到这儿来购物，只不过因为她最近的一任丈夫明智地在一家瑞士银行开了个账户，往里面存了一笔钱。当然，账户的名字是艾瑞斯·普西。

和普西太太坐在一起刚刚半个小时，埃迪斯已了解到上面的一切。半个小时不算长，但也不算短，已足以让游戏双方订下游戏规则，订下无声的契约。普西太太一眼就看出了埃迪斯的处境，在她孤单无助的时候拉她一把。作为回报，埃迪斯暗想，今后要是没什么事儿，就多陪陪这位太太吧，听她高谈阔论，缅怀往事；听她品评人物，畅谈人生之路上无穷无尽、绵绵不绝的小小麻烦。坐在普西太太身边，听着她口若悬河，滔滔不绝，埃迪斯没一会儿就静下心来，静静地听她倾诉，很少插嘴。倒不是为对方的气势所压倒，而是因为从普西太太身上，她看到了与自己全然不同的一类人，听她一席话，可以接触、审视另一类人，其中自有无穷趣味。这个魅力十足的女人，俘获人心就是她快乐之本，满脑子都是如何施展自己的女性魅力，让别人（管他是男人还是女人）拜倒在她的石榴裙下，人生之乐事莫过于此。所有这一切普西太太做得是那样自然，毫无惺惺作态，丝毫不影响到她对别人的尊重。从普西太太身上，埃迪斯感受到了炽烈的愿望。之前，在餐厅那会儿，看着普西太太和她女儿詹妮弗进餐的样子，埃迪斯也感受到了那种处处要高人一等，事事要压人一头的愿望，也正因如此，她才会微微有点儿头晕目眩的感觉。除了那种意愿，埃迪斯还感受到一种截然不同的欲望，隐隐然威胁到她自己。不过，普西太太和詹妮弗谈吐风雅，面对这样的谈伴，简直如沐春风，埃迪斯不一会儿就把威胁感抛到九霄云外去了（实际上，也不得不抛，要深思下去的话，未免太痛苦了）。埃迪斯喝着杯中的咖啡，感到身边这母女俩的自尊、自信犹如夏日骄阳，向身边的一切源源不断地辐射出光芒和热力。在人生中这个奇特的关头，埃迪斯望着普西太太，心中不禁有了一丝温暖，几分安慰。普西太太，那样温柔娴静的一位女士，却又处处显露出旺盛的欲望，似乎无论是什么，但凡能说得出，想得到，都迟早会成为她的囊中物。甚至于待在她身边，都不由自主会想入非非，产生一些糊涂心思，什么财产啊，什么积蓄啊，等等。这女人简直就是活生生的宣传，面对这样的女人，放眼当今，又有哪个女人不会为之动容？普西太太简直就是个魔女，浑身都散发着独一无二的魅力，不仅如此，更会向与她品性相近的其他女人投去赞赏的目光。可如果你凝神观望，就会发现，那目光中不仅有赞赏，同时也混杂着不屑与鄙夷。她的想象和慷慨绝对超过一般人，比如说，她就不会自降身份，像许多其他女人那样，把自己的女儿视为对手，与后辈一争短长。在她眼中，女儿迟早要继承自己的衣钵，最终成为像她一样耀眼夺目的明星。这母女俩长得也真像，实际上，埃迪斯之前还从未见过哪对母女长得如此相像。母女俩的感情也很深，不过，埃迪斯还是觉得，这种感情同现实似乎有点儿脱节。詹妮弗长得很壮实，甚至可以说壮实得有点儿过了头，可显然她母亲还是把她当作一个小孩子。至于女儿呢，不知是出于习惯，还是出于喜好，或者二者兼而有之，也喜欢在母亲面前摆出一副永远长不大的样子。

望着身边这母女俩，埃迪斯的心思不禁又转到那个老问题上：什么样的行为举止对女人来说最合适？这个问题是她前几本小说的中心，她曾同哈罗德·韦伯探讨过这个问题，可直到现在，还没有找到答案。此时此刻，埃迪斯清晰感到，这个问题的重要性压倒一切，不容她再拖延下去。眼前不正是研究这个问题的绝佳机会吗？埃迪斯几乎按捺不住心底的兴奋，虽然到目前为止，普西太太说的尽是些鸡毛蒜皮的琐事，可埃迪斯心底的波澜一点儿也没有平静，反而更为激烈。这母女俩肯定有故事，可得好好观察观察才行。

普西太太开始了一个新的话题，谈起了她的丈夫。非常不幸，她丈夫已经撒手人寰，如今同她人鬼殊途，可只要想到他，她心中还是有许多话要说。介绍完自己的丈夫后，普西太太说："真是个好男人。"似乎要为作古者盖棺定论，普西太太用右手的拇指和食指轻轻摁了摁鼻梁。

"别，妈妈。"詹妮弗说道，用手掌轻拍妈妈的手臂。

普西太太放声一笑，笑声有些颤抖。"这丫头，就是不愿看到我失态，"她对埃迪斯说道，"行了，没事儿，我不会犯傻。"说完，普西太太就扯过一张雪白的餐巾，轻轻拭了拭嘴角。

"你可能想不到我有多想他，"普西太太向埃迪斯倾诉道，"他给了我想要的一切。刚结婚那会儿，我简直像是活在梦中。他总是说，艾瑞斯，只要你喜欢，尽管买，我给你开张空白支票，数字你自己填。别把钱都花在打扮房子上，好好打扮打扮你自己。当然，打扮房子还是最重要的，我可真喜欢那房子。"说到这儿，普西太太右手的拇指和食指又放到了鼻梁上。

"你住在哪儿？"话一出口，埃迪斯就意识到，自己的问题未免太唐突了些。

"哦，亲爱的，我说的是我的第一个家，在黑斯尔米尔。真希望身边带了照片，房子是请设计师设计的，简直就是我的梦中家园。还是不要多说了，要不詹妮弗又要难受了。会吗，亲爱的？肯定，从绿瓦轩搬走那阵子，她的心都碎了。"

能够想得出，埃迪斯在心里暗自对自己说，普西太太家的地板都是实木的，橱柜都是定造的，窗户都是镂花的，厨房里各种设备应有尽有；园丁一周来两次打理花花草草，还有园丁的老婆，天天都来,穿着一身白大褂,忠心耿耿;打完一局高尔夫后,先生们可用楼下的男士专用洗手间。当然,还有露台。

"可后来,我先生被调去了总部。一想到他要往返两地,来回奔波,我的心就软了。怎么忍心看着他把自己搞得疲惫不堪,去取悦自己的太太,就因为太太喜欢过乡下的清净日子?再说了,我也知道,有我在他身边他才会开心。他不用开口,我就是知道。"

普西太太又用手绢轻轻擦拭了下嘴角,接着说道:"当然,我什么也不用操心,一身轻松。"

向埃迪斯介绍完自己温馨舒适的家后,普西太太接着谈起自己一家人在国外的旅行。显而易见,普西太太和女儿詹妮弗在旅程中相处得十分融洽,在这母女俩眼中,所谓国外基本上就意味着卖各种奢侈品的大商场。母女俩可以如数家珍般列举出许多如今在游客中已不再时髦的去处,其实,由时髦到不时髦的轮转也不过是不久以前的事儿,可一旦轮转,就再也逆转不过来了。或许正因如此,母女俩才会出现在这家酒店,当然还有别的原因,比如说母女俩的银行账户,又比如说,母女俩早年从蒙特勒乘汽车来这儿时,已经同酒店主人胡伯先生熟识了。有件事儿很明显,就是普西先生时常一个人待在家里,想做什么都行,而普西太太和詹妮弗则遍游欧洲各地:卡德纳比亚、卢塞恩、阿马尔菲、多维尔、芒通、博尔迪盖拉,还有埃斯托里尔。一家人去过一次帕尔玛,只去过一次,可显然是个错误。"天气太热了,实在是受不了,"普西太太说道,"那次以后,我先生说,再也不会去地中海沿岸了,至少旅游高峰时再也不会去凑热闹了。当然,那时候的人还不知道一揽子全包旅游为何物。那地方风景倒是不错，可就是太热了，我整天都躲在大教堂里乘凉，再也不去了。"

普西太太说，她讨厌炎热的天气，也讨厌拥挤的人群。不单是她，全家人都是如此。再说了，胡伯先生的招待实在是太周到了。当然，每次入住这家酒店，她都住同一间套间，在第三层，窗外就能望到日内瓦湖。

"这么说来，咱们的房间在酒店同一边，"埃迪斯试探着说道，"我的房间是三〇七。"

"什么，就是走到头的那间小房间吗？"普西太太说道，"当然，这家酒店里，单人间实在是少之又少。"她望了望埃迪斯，若有所思，然后说道："要是咱们一起走，不妨到我的房间去坐会儿。"说完这句话，她把身子挪到椅子边，想站起身，可站了两次都没能站起来，第三次才从椅子上把身躯站直。詹妮弗伸出手，想扶她一把，可她用力把詹妮弗的手推开，用一双脆弱的脚独力支撑住身躯。看到这一幕，埃迪斯暗想，这女人看来不下七十岁了。

埃迪斯跟在普西太太身后，望着她那身剪裁合体的深蓝色长裙，闻着她身上散发出的玫瑰芬芳，埃迪斯想，她看上去一点儿都不像上了七十岁的女人。三人进了电梯，再出来，走上三楼的走廊。詹妮弗先行一步去开门，而普西太太已准备好招待客人。果不其然，母女俩住的是一个大套间，两人各有一间卧室，每间卧室有独立的入口，两间卧室间是一间不算大的客厅。普西太太似乎想说，一回房间，她和女儿总是一起待在小客厅里。小客厅里陈设不多，却给人温馨舒适的感觉，但凡自信的人到了陌生的地方都会给自己摆上这些陈设:一台彩色电视机、一篮水果、几束花、几瓶香槟。普西太太在前面带路,一面引着埃迪斯走进自己的卧室,一面用手指向一件挂在椅子背上的晨衣,缎子面的衣料看上去轻柔爽滑,上面缀满了花边。普西太太微微一笑,说道:"老毛病了,一看到好东西,不买到手就寝食难安。蒙特勒有家店很棒,所以我和詹妮弗才会每年都来。"

普西太太用余光扫了下埃迪斯,微笑着说:"亲爱的,该给自己买点儿漂亮衣服了。女人就该穿得漂漂亮亮,我一直跟詹妮弗说,感觉好看上去相貌就好。所以,我总是把她打扮得像个女王,是吧,亲爱的。"

说这话时,詹妮弗走了进来,普西太太向女儿伸出双臂,詹妮弗投入母亲的怀中,用自己的脸蛋在妈妈脸上蹭了又蹭。普西太太哈哈一笑,说道:"老妈不中用了,可我这个女儿还是爱老妈,是吧,亲爱的。"母女俩深情地拥在一起,然后相互挽着腰,目送埃迪斯走出门口。

"别总一个人待着,"普西太太说。"你知道我们住哪儿。"说完,门就关上了。

夜里,埃迪斯三番五次醒来,她的睡眠原本就不踏实,身下的床垫又异常结实,给斯巴达人用正合适。每当她醒来,脑海中就会响起普西太太的那番话。她又想到了阿拉丁的洞穴,普西太太母女俩住的套间不也像是阿拉丁的洞穴嘛,虽然看上去随随便便,却怡情养性,让人感到如沐春风。但她想到最多的还是那动人的一刻:母女俩并肩而站,挽着对方的腰,两条胳膊交叉在一起,脸上泛着玫瑰色的光华。显而易见，自己心底的那点儿孤单寂寞在这对母女俩眼中已是无所遁形，所以两人看自己的表情才显得既吃惊又怜悯，虽然两人可能并未留意到自己的表情流露。记得自己临走时向母女俩点了点头，动作有点儿僵硬，向她们道了声"晚安"，然后若有所思地向自己的房间走去。那一刻，自己感到心里已经有点儿不好受了（这会儿，那一刻也已成为往事，存在于记忆之中）。埃迪斯一边想，一边暗自下定决心，往后的日子一定要好好学习，做得更好，决不让今夜复杂的心情再来搅扰自己的睡眠。

第二天早上，埃迪斯穿上自己的花格呢裙子和长羊毛衫，一边寻思着，自己在保持个人形象方面或许的确懒散了些。每次有聚会，身边的人总是问自己："你最近在写点儿什么？"那些人对自己的相貌兴味甚寡，可错在自己。自己实在是低估了消费主义大潮的威力，不单自己，所有人都裹挟在这股大潮之中，难有幸免，现在正是做出补救的好时机。她一边默默对自己说，女人感觉好相貌看着就好，一边跨过酒店的旋转门，深吸一口气，站稳脚跟，准备去面对外面的世界。女人感觉好相貌看着就好，埃迪斯在心里把这句格言又默念了一遍，念完，又加上一句，我一身轻松。

可走出酒店仅仅十分钟，埃迪斯已意识到，同样是身处异国他乡，哪怕是在当前这个过了旅游旺季的小镇上，自己的感受无论如何也不同于普西太太，甚至同詹妮弗都有差距。人家看到的是琳琅满目的奢侈品，可自己放眼看去，都看到了什么？一幢连着一幢的房子，尽是困顿和羁绊。这不，前面是拉蒂格养老院，后面紧接着就是含羞草诊所。四面栏杆围起一座街心小公园，两个男人在一张随时有倾覆之虞的桌子旁相对而坐，在棋盘上驰骋博弈，身后还围了六个人，个个都是观棋不语的君子。埃迪斯感到有些沮丧，可心情还算平和，继续向前走去，眼前出现一家咖啡馆，临街的玻璃墙上堆积了厚厚一层水汽。她走了进去，找个位子坐下，从包里掏出笔记本，好让自己看上去镇定些。其实自己多虑了，眼前的一切足以让自己安心。咖啡馆里坐着几个身形壮实的女人，都在压低嗓音轻声交谈；面色绯红的女侍应举着盛满糕点的盘子，在柜台和客人间穿梭往回；咖啡一杯又一杯满上，一次又一次见底。远处不知什么地方传来一阵动物的低鸣声，听来有点儿耳熟，埃迪斯抬头望去，看见那个高个女人正用手掰下一小块杏仁饼，送到小狗琪琪的嘴中。那女人也看到了埃迪斯，把手中的小银叉微微一举，默不作声地向埃迪斯打了个招呼。埃迪斯也点点头，微微一笑。这个女人为什么到这儿来？普西太太肯定知道。我到这儿来又是为了什么呢？趁思绪刚刚开了个口，尚未一发不可止，埃迪斯赶紧堵住，付了账，走出咖啡馆。

接着往下走，一路上还是丝毫未见安逸享乐的迹象。街角有家小商铺，显然是家杂货铺，在门口人行道上摆着三篮青豆，篮子上一点儿多余的装饰都没有。眼前已是车站，埃迪斯买了份儿《泰晤士报》，不过报上的已是三天前的旧闻了。回到酒店时，她刚好看到普西太太和詹妮弗被万分殷勤地拥入一辆豪华老爷车的后排座位。不用问，肯定是去蒙特勒，把詹妮弗打扮得像女王一样。埃迪斯转过身，慢慢走进酒店，乘电梯上了楼。一出电梯，走道里又闻到一阵浓郁的玫瑰花香。走进自己的房间，她若有所思地在房间里那张小小的桌子旁坐下。她写道：

亲爱的戴维：

怎么说呢，此处一切都在旋转，叫人头晕目眩，是个名副其实的大旋涡。身边尽是见多识广、耳聪目明、长袖善舞之辈，像我这么个天性羞涩、不谙交际之道的小女子本该胆战心惊，悄然退回到自己的房间去。所幸，我遇上一位待我不错的长者——艾瑞斯·普西太太。普西太太现在的住址是蒙特罗斯苑，之前曾在黑斯尔米尔住过。或许，她觉得我勉强还能衬得上她女儿詹妮弗，当然，詹妮弗事事讲求精致，实非我所能及。不过，詹妮弗似乎并不急着离开自己的妈妈，至少普西太太是这个意思。看来，我们这三个女人都在平心静气地假装，自己命中的男人迟早会出现在自己面前。其实，这里连个男人影子都没有，除了普西太太的丈夫外，就想不到第二个男人了（那个男人的唯一头衔就是普西太太的丈夫，普西太太的意思好像是，关于自己丈夫的其他一切，此时此地已无关紧要，无须再提）。

普西太太可以说是这里最有意思的一个。还有个女人，长得挺漂亮，带了只狗，也挺有意思。要我看，那女人的丈夫应该在布鲁塞尔是个人物，不过我们没说过话。普西太太倒是十分健谈，真是谢天谢地，要是她也沉默寡言，我真……（埃迪斯写下下面几个字，又从纸上划去。)

我很佩服普西太太,她娴静、安定,浑身散发着自信,总是大笑着说,自己不过是抓住了上帝的恩赐。看得出,她手上有的是钱,我倒是挺想知道,她的钱都是打哪儿来的。她曾说过,自己的丈夫调去了总部,所以自己才挥泪告别黑斯尔米尔,她丈夫到底去了什么地方呢?那又是个什么总部呢?从普西太太的言谈举止中能看出点儿影子,我甚至敢说,从她女儿那略带嘲讽的语气中,也能看出,她爸爸属于那种把小商店叫作零售渠道的人。显而易见,那是个大权在握的男人,不单把大笔钱存进瑞士银行,还意识到自己在旅游旺季不能冒险去地中海沿岸。我的意思是说,不能为了自己的老婆而冒险。他会不会溜出去大吃大喝一通,一逞口腹之快呢?他手上有没有马尔贝拉俱乐部的秘密会员卡呢?希望如此,不过纯属个人臆测。

顺便说一下,我一直把普西太太看作一位贵妇,现在要把她向下调整调整。她绝对是个女人,她丈夫曾说她是"女人中的女人"(不过他的作风属于旧派)。那个带狗的女人则要向上调整调整,调整为夫人,甚至是贵妇人。她,还有她那个没现身的丈夫,显然属于统治阶级。普西太太似乎对那个男人不屑一顾,显然也不大喜欢这位无名夫人(我到现在还不知道她姓甚名谁)。要是能知道背后的缘由,肯定很有趣。

除了那位无名夫人,别人的名字我都搞清楚了:普西太太和詹妮弗，送早餐的小伙子叫阿兰，午茶时间的那个女侍应叫玛丽冯妮，长得可漂亮了，身材娇小，一头金发……

埃迪斯放下手中的笔，在纸上搬弄一番普西太太母女俩的是非倒也没什么大不了，可她仍忘不了那母女俩相互搂着腰，目送自己出门时那动人的一幕。那一刻，她看到了爱，母女间的爱，还有两个漂亮女人间的心有灵犀，这一切对自己而言是那么的陌生。自己的母亲罗莎是个怪女人，该怎么说她好呢？对人生，失意；对自己，严苛。她也曾拥有美丽，也曾不顾一切去抗争自己的命运，可总是四处碰壁。她总是发脾气，倒不是控制不住自己，而是有意为之，故意使性子，狠狠嘲弄自己的女儿，半分情面都不留。自己这个做女儿的又如何呢？一言不发，面色苍白，轻手轻脚地溜进母亲香气扑鼻的卧室，为她送上咖啡，再轻手轻脚地溜出来，手上捧着她故意打翻的咖啡杯。身后传来母亲的吼叫声："没用，真没用！没一个有用！"一提起维也纳，母亲就唉声叹气，她把当年那个年轻貌美、光彩四射的自己都留在了维也纳，如今唯有日日面对自己臃肿邋遢的躯壳。一提到死去的妹妹，泪水就从母亲的眼中夺眶而出。

埃迪斯一面想着闪闪夺目、魅力袭人的普西太太，一面沉浸在自己的伤心往事中。当年，沙夫勒家有一对姐妹花：罗莎，就是自己的母亲；安娜，自己的阿姨。姐妹俩风情万种，魅力无边，可如今呢，风华都已随岁月雨打风吹去。当年，不知多少学生在外祖母家租上一间陋室，一边准备着论文（有写克林姆的，有写施尼茨勒的，也有同时写克林姆和施尼茨勒的），一边拜倒在姐妹俩的石榴裙下。姐妹俩嫁人都挺快，结婚时都挺年轻，可没过多久就失望透了。离家千里时，那些学生倒是颇能叫人动心，可过不了多久就露出了自己的真面目，个个是温开水般的学究。无论是雷丁或诺丁汉的书斋，还是俄亥俄或金斯顿的校园，又怎能打动得了这两只维也纳的花蝴蝶？姐妹俩一脑子精明，满肚子主意，性情如夏日之午后，说变就变，对成功的追求更是不知何处为止境。多年后，姐妹俩，还和两人的表姐蕾西久别重逢，三个女人已无更多可言，只能一个接着一个重复着相同的故事，似乎要比一比谁的日子更苦闷，谁的丈夫更无趣，谁的人生更无意义。想想看，居然要过这样的日子，真是丢人现眼！每提起一桩伤心往事，三姐妹的眼中就迸发出懊恼和失意，妈妈家那间幽暗的小客厅里，不满和怨毒在不断累积，连空气都仿佛因之而凝滞。三人此时都已身形臃肿，只恨不能把身上的束腰带再收紧一分，双乳巨大，却已失去弹性，眉毛画得又粗又重。三人你一言，我一语，煽起彼此心头的怒火，嗓门越来越大，动作越来越粗，连杯中的咖啡都泼出来了。"可怕！真可怕！"三人几乎是在吼叫，"真是太可怕了！"

那一年，埃迪斯刚刚七岁，躲在妈妈的椅子背后。门外传来爸爸拿钥匙开门的声音，小姑娘终于盼来了救星，扑向刚进门的爸爸，一开腔已带着哭声。虽然那些粗鲁的话小姑娘还听不懂，可那种恶狠狠的语气早已超出她稚嫩心灵的承受限度。爸爸猜出了家里发生的事儿，惨然一笑，建议出去散散步。爸爸带她去了艺术史博物馆，想向她解说馆里的画，可她只是把又红又湿的小脸蛋藏在爸爸的手中,一句也听不进去。爸爸走到一幅画前,停下脚步,画中几个男人伸长手脚躺在玉米地上,头上顶着一轮烈日。爸爸的目光停留在这幅画上,满脸都是渴望的神情,看到爸爸这副样子,她终于忍不住放声痛哭了起来。爸爸弯下腰,用手梳起她额头上的一蓬乱发,又用手帕拭了拭她的双眼,对她说:"乖,宝贝儿,要做个乖孩子。"

爸爸过世很早,才五十岁刚出头。爸爸在世的时候,妈妈总是瞧他不顺眼;爸爸一去世,她整个人也崩溃了。日子一天天过去,妈妈越来越邋遢,脾气也越来越暴躁,终日里仍是对她记忆中的爸爸进行侮骂。没过多久,妈妈也去了,埃迪斯在妈妈留下的信件中找到一小片信纸,纸上已褪色的字迹秀美圆润,向一边微微倾斜。那是爸爸的字迹,信用德文写的,处处透露出一个年轻学生的小心与谨慎。这应该是封邀请函之类的,具体目的如今已不得而知,只是在开头几句中提到早先什么时候,大家玩得很尽兴。信中写道:"可爱的女士,如您能赏脸……"下面的信纸已不见了,信中的内容也随着信纸一起消失湮灭。

埃迪斯轻轻揉了揉眼睛,又拿起笔,接着写道:

亲爱的,你无法想象,我是多么想你,盼望着与你重逢的一天!

可刚写下这句话,她又小心地把这句话涂掉,把信纸放在一边,取过装着《月光之下》的文件夹,取出书稿,把上次写的一段再重新读一遍,接着便埋首于充满幻想与迷雾的工作之中。

# 第四章

  谁要是想她大驾光临，就得走老派路线——送花、听戏、上最好的馆子，这方方面面她都称得上是行家里手，颇有鉴赏力。在彭尼洛佩眼中，男人是征服的目标，成功的标志，可也是冤家对头。男人都是轻骨头，决不能多给一分颜色，多花一秒时间。

"我想,你是位崇拜者。"普西太太一边说,一边微微一笑。

埃迪斯没有回答,似乎也没必要回答,因为普西太太刚说完这句话,就转身召唤玛丽冯妮去了:再加点儿热水。今天普西太太上身穿了件杏仁绿色的外套,下身配裙子,脖子上戴着她白天戴的珍珠项链。

埃迪斯躲在自己的房间里修改《月光之下》,一干就是几个小时,这会儿刚走出来,目光有些迷茫,面色有些憔悴。走进沙龙,她发现里面几乎已空无一人,只剩下博纳伊太太一个人,手里拿着放大镜,正在读《洛桑时讯》,目光所及只有豆腐块大的地方。

沙龙里温暖如春,沉浸在一片黏稠的寂静之中。看来,午饭时间已过,午茶时间还早。埃迪斯走过酒店大厅,先前干得实在太辛苦了,现在还感到有点儿浑身乏力。穿过旋转玻璃门,她步入午后的阳光之中,望着四下成熟的秋日之美,心里纳闷儿,自己早先怎么就没注意到呢?秋日的阳光如蜂蜜般柔滑,在湖面上投下道道金波;细小的波浪依偎着湖畔,低吟浅唱;一艘乳白色的轮船无声无息地向着乌契村的方向驶去;她脚踏着撒满细沙的小径,面前的地上有一粒从树头落下的栗子,绿色的外壳上布满尖刺,倒有点儿像豪猪,外壳上裂开一道狭长的口子,露出里面深棕色的果实。

埃迪斯又走到那家咖啡馆门口,上次来时,沿街的玻璃墙上结了厚厚一层水汽;此时此刻,玻璃又恢复了透明的本色,几乎空无一人的咖啡馆沐浴在午后的阳光中。埃迪斯默不作声地挑了一张桌子坐下,一束阳光正射在面前的桌面上,她闭上双眼,享受着这纯净的快乐。时间在消逝,感觉在弥散,埃迪斯喝了口咖啡,此时此刻,她仍深深沉浸在故事中人物的情感中,根本没有胃口吃东西。她仰身靠在椅子背上,再度闭上双眼,静静地享受着自己给自己的犒赏。自己在稿纸上勤力耕耘,又有何人知?再度睁开双眼时,她看到远方湖岸边有一个女人的身影,身边还带着一条狗。那女人弯下腰,舒展着顾长的身躯,纤细的手臂不时挥出,一头蓬松的头发在阳光下闪闪发光。透过玻璃,埃迪斯隐隐约约可以听到她叫喊小狗的名字:"琪琪!琪琪!"小狗此刻也看不出一点儿狂躁不安的样子,一次又一次向抛向半空中的木棍扑去。这个女人孤身一人,却依旧精力十足,举手投足间仿佛带着一种野性和专注。看着她,埃迪斯自己也变得机警起来,离开咖啡馆,原路返回酒店,返回到孤独的流放之中。

午茶已经上来了,可埃迪斯吃了一惊,今天下午端茶送水的侍应有不少她都从未见过。原来,酒店里的年轻侍应远比她想象的要多,这会儿,他们正围着几张桌子忙这忙那。那几张桌旁坐满了男性宾客,个个眉飞色舞,高谈阔论。埃迪斯走过时,有一两个抬头看了她一眼,紧接着又垂首聊起自己的紧要事儿。这帮宾客都是从日内瓦的那个会议上来的,到这儿再开一次非正式会议，接着就要分道扬镳了。埃迪斯第一次感到，原来这家酒店的人员一点儿也不少，只不过淡季里，大多数服务员都在休息，等待着某个尖峰时刻的到来。到了那一刻，他们就会从四下拥出，向八方宾客献上热心周到的服务。看来，尖峰时刻现在已经来临了，连胡伯先生也现身柜台后面，站在平时他女婿站的位置上，不住微笑，不住点头，不住用手指点着晚餐菜单，示意这个菜要撤换，那个菜也要变动。

望着眼前这生龙活虎的一幕，埃迪斯鼻头微微一皱，闻到了香烟的味道，这种味儿在这儿可不常见。这时，迎面走来普西太太，跟平时一样晚，看上去还有点儿倦，看来她花了一整天的时间购物，收获并没有预期那么丰硕。普西太太一落座，埃迪斯就从自己的座位上移到普西太太身边，仿佛磁力吸引下的铁片。普西太太告诉埃迪斯，自己原本想买一种抽花刺绣套头衫，可碰了壁，织套头衫的那个小个女人不见了。那女人不是不知道，她和詹妮弗每年都要来，一来就买上不少她手中的货，可这次来那女人不见了踪影，既没有捎来任何口讯，圣诞节时也没有寄来一张卡片，就是消失了。"嗨，是这样的了，"普西太太说道，"往日一去不复返了，就算是瑞士也不同于以往了。再也不是我的世界了。"她冲埃迪斯微微一笑，接着说道："一切都变了，越变越差。但无论如何，我绝不会降低自己的标准，向来只要最好的。也算是一种直觉吧，就像我丈夫常说的，只有最好才是够好。"

"妈妈，"詹妮弗大声说，"你就是最好的。"她一边说，一边握住普西太太的手，母女俩的目光中闪耀着坚毅的光芒，就是那种痛失亲人后的坚毅目光。可谁又知道，那位痛失的"亲人"不过是一位突然间不知所踪的抽花刺绣女工。埃迪斯觉得，自己实在说不上什么安慰的话，在自己面前，这母女俩又上演了一出真情流露。这一次，埃迪斯更注意詹妮弗，虽然她的动作很有力，每次插进话来，语气也十分强烈，可埃迪斯总是觉得，詹妮弗很少流露自己的情感，仿佛窗户上的平板玻璃。埃迪斯觉得，自己必须承认，詹妮弗是个完美的样本，一看到她，就能看出她有位多么无微不至的母亲。这姑娘脸庞挺大，可五官却甚是玲珑，放在这张脸上，似乎有点儿稀疏；皮肤白里透红，犹如一位身体健康、毫无心机的孩子。她整个人似乎笼罩在一层光晕之中，那淡蓝色的眼珠，一口整齐洁白、微微内曲的牙齿，再加上那堪称完美的皮肤，都闪耀着活力四射的光芒。与之相比，她那头金发反而显得有些黯淡。这姑娘身材颇为丰满，曲线不那么突出，一身衣裳做工十分考究，只是穿在她身上显得紧了点儿，倒让人觉得衣裳是陈年旧货，而詹妮弗还是一个青春少女，这套衣裳很快就要穿不下了。詹妮弗身上没有哪样不是价值不菲，只要买得起，她母亲可是毫不吝啬。不过，这姑娘给人的感觉与她那位高雅而审慎的母亲颇为不同。她上身穿了件纯白的毛衣，下身穿了条海军蓝的亚麻布裤子，绝对可称得上是个假小子。埃迪斯暗想，这姑娘有多大呢？她看上去很年轻，其实普西太太看上去也不老，但这对母女总给人一种与时代脱节的感觉，至于这感觉从何而来，埃迪斯也说不清楚。这母女俩似乎属于一段已经逝去的时光，那是为欢声与笑语、幸福与成功、自信与安稳所环绕的时光。如今，那一切已成为遥远的过去，对于出现在这母女俩身边，与她俩交往的人而言，那段时光总是带着浓厚的神秘色彩。埃迪斯不禁想到，每次和普西太太母女俩坐在一起，说话的几乎都是对方，这母女俩不单把自己的当下，更把自己的过去巧妙地推到你面前，除了脱帽致敬，你还能做什么呢？她俩根本就不想了解你的任何事儿，埃迪斯觉得自己算是被这母女俩征用了，就在她俩确定自己孤身一人那一刻。看来，这母女俩对自己不单友善，更把自己当成了便利的工具。在埃迪斯看来，所谓心思深沉，所谓玲珑巧辩，正是此母女之谓也。普西太太一开口说话，几乎总要先说句"当然"，显得平静而自信，却足以挡住别人的话头，不让别人有机会表达自己的意见。埃迪斯觉得，这倒也挺有趣，挺省事儿，要知道，她最不愿做的就是谈自己。可轮到詹妮弗也学妈妈的样儿，不让自己有平等说话的机会时（虽然和颜悦色，态度却很是坚定），埃迪斯就不得不承认，自己心里有些不舒服。毕竟，两人是同龄人，自己可能比詹妮弗还要年长几岁，她到底有多大呢？三十二？三十三？或许三十四。不管怎么样，她属于她母亲，仿佛她母亲坠入了一个冷漠、世故的世界中，而她的责任就是保护母亲，不让她受到伤害。普西太太还在滔滔不绝地说着，詹妮弗的脸上挂着一成不变的笑容，也不知她内心感受究竟如何。不过，埃迪斯觉得，要发掘出这个姑娘对周围人的内心感受，应该也不是什么难事儿。

正当埃迪斯沉浸在自己的思绪中时，耳边传来一位男性悦耳的声音，对她说："这可别丢了。"说完，把自己的笔记本递到眼前，肯定是自己在专注于詹妮弗时，不小心从膝头跌落到地上，自己一点儿感觉都没有。埃迪斯吃了一惊，一抬头，看见一个高个儿男人，一身灰色，正低头冲着自己笑。埃迪斯低声说了句"谢谢"，以为那人听了就会走开。试想，自己怎么能开口邀请别人坐下来？可那人并没走，而是问道："您是位作家吧？"话语中微微带着一两分诙谐。难道他知道，埃迪斯想着，感到脑子里有点儿乱，作家怎么会到这种地方来？恐怕谁也不会太当真吧！至少，埃迪斯希望如此。埃迪斯心不在焉地微微一笑，希望把那人的问题搪塞过去。那人还是一副诙谐的表情，回到朋友身边，也可能是同事，然后一起起身离座，走到室外。

"看来，你也有位仰慕者了。"普西太太说道。侍应送来了热开水，普西太太接着说道："你一进来，那人的眼睛就没有离开过你，我一眼就瞧了出来。"普西太太故意做出调皮的语调，可眼皮却下垂着，仿佛刚才的一幕仅仅让这一天的沮丧又多了一分。埃迪斯注意到，詹妮弗仍然在空洞地笑着，也不知道脑子里到底在想些什么。

该上楼换衣服了，可大家谁也没动身，埃迪斯感到，自己应当忠诚地陪伴在普西太太左右，可为什么会想到"忠诚"这个词，她自己也不是很清楚。大家谁也没有出声，再也没有说些女人间的悄悄话，沉寂中仿佛掩藏着深沉的心思。这不是正中下怀吗？埃迪斯暗暗对自己说。可突然之间，她渴望同戴维说说话，一个男人突然闯入了她的意识中，虽然那一幕更像是嘲弄，却也撩动了她的心扉，激起她心底痛苦的欲望。埃迪斯瞥了眼手腕上的表，心里焦躁不安地估算了下时间，要是现在就冲上楼去，说不定还能打通戴维的电话，再晚他就要出去了。这会儿，他肯定在老屋，一想到这儿，埃迪斯的心一阵紧缩，既有爱，也有怕。

埃迪斯听到戴维说的第一句话就是："真要去老屋了。"听到这句话，埃迪斯不禁一头雾水，把这句话想了又想，脑海里升起一幕幕景象：庭院中的喷泉汩汩冒着水，身着轻纱长裤的仆人端上冰冻果子露；或许，是一张长长的贵妃椅，屋里四壁刷得雪白，百叶窗紧闭，把午后的热浪挡在窗外，空气中飘浮着慵懒的气息和梦幻般的色彩，犹如德拉克洛瓦笔下的油画；也或许，是一间小小的咖啡屋，里面的商人个个不拘言笑，望着窗外的人行道，用手捻着琥珀色的念珠，发出嘀嘀嗒嗒的响声；鸦片馆，土耳其浴，浴池四壁上镶嵌满铜币，反射着波动的水光。一片祥宁。

"你干哪一行？"埃迪斯问道，头脑中还在浮想联翩，眼睛睁得大大的，凝望着远空。

"拍卖师。"戴维回答道。接着，有那么一小会，两人谁也没开口。

两人相遇于埃迪斯的一位朋友——彭尼洛佩·米琳举办的一次聚会上。彭尼洛佩常搞这样的聚会，规模都不大，却足以让埃迪斯烦心。"下星期天，午饭前有酒会，"电话中传来彭尼洛佩无动于衷的声音，"千万可别让我失望。你可以下午工作，只要你愿意，没人拦着你。"

你就是在拦着我，埃迪斯暗想。你这人真坏，家里一点儿吃的都没有，我也是从来不讲究，下午两点半再吃午饭也没意见，或者干脆就不吃，什么时候回家什么时候算。到时候肯定又是头痛欲裂，这一天算是毁了。关于做饭，彭尼洛佩有着一些颇不寻常的看法，在她眼中，做饭就是屈服。谁要是想她大驾光临，就得走老派路线——送花、听戏、上最好的馆子，这方方面面她都称得上是行家里手，颇有鉴赏力。在彭尼洛佩眼中，男人是征服的目标，成功的标志，可也是冤家对头。男人都是轻骨头，决不能多给一分颜色，多花一秒时间。与这些男人说话时，彭尼洛佩时而轻佻挑逗，时而反唇相讥，可就是没一句真话，非但不掩饰自己的风流韵事，更大肆宣扬，和谁谁谁一见钟情，又和谁谁谁闪电分手，反正双方都是哈哈一笑，谁也没有太放在心上，无论是开始还是结束。彭尼洛佩昔日的情人已足以列出长长一串，她自己也颇为得意。埃迪斯看得出，彭尼洛佩是位狩猎高手，每每遇到埃迪斯，她就长吁短叹，暗叹埃迪斯静如止水的人生。显然，彭尼洛佩觉得，埃迪斯之所以去写男欢女爱，就是因为现实生活中没有这种人生乐趣。她倒是很愿意把她所认识的一些身边没有女人的男人介绍给埃迪斯，还笑哈哈地说那些都是自己挑剩下的。要是埃迪斯说，我正在写东西，你真能烦人，彭尼洛佩也会变脸生气。埃迪斯明白，要是能为自己安排一场邂逅，而她在一旁监督，彭尼洛佩一定乐此不疲。她肯定会一面得意扬扬地历数着自己的胜利，一面开导着埃迪斯；她甚至还会把眼前这对男女送到她亲自挑选的餐厅门口，向那个挑剩下的男的轻轻耳语几句，然后斩钉截铁地对埃迪斯说："明早我给你打电话。"在彭尼洛佩眼中，男人没一个值得尊重，每当她回想起，在这场那场聚会上，她的一次又一次胜利，她的双眼就熠熠生辉，她社交生活的全部也尽在于此。每当提到某个不懂游戏规则的男人，彭尼洛佩总是嘴角一撇，不屑地说："那个可怕的小男人。"

彭尼洛佩今年四十五岁，长得很标致，看来，四十五岁这个年龄还要陪伴她度过许多个春秋。她和埃迪斯是近邻，两人的房子正相对，两人共同请了一位玻璃清洁师傅。两人都有对方房门的钥匙，这个人要是想偷懒，推脱家里没人，可没门儿。两人又共同请了一位搞卫生的女工——邓普斯特太太（这位太太性情总是大起大落，行踪更是难以捉摸）。两人约定，如果谁病倒了，另一个就要为她购物、做饭，还好，这种事儿还没有发生过。埃迪斯写小说累了，打个哈欠，伸个懒腰，拉伸拉伸静坐了一天、已有些酸痛的肌肉，然后推开打字机，溜达出自家院门，再溜达进彭尼洛佩家，热心地向她建议一番，下一期出镜头该穿些什么好。彭尼洛佩从不和埃迪斯谈起她的小说，但时不时会拉埃迪斯参加自己的聚会，哪怕生拉硬拽也非要埃迪斯参加不可，仿佛埃迪斯还是个没长大的孩子。介绍起埃迪斯时，她总会说："你肯定认识埃迪斯·霍普。"这就是两人间的友谊。

那是一个星期天，彭尼洛佩又召集起一场聚会，来宾中好多埃迪斯都不认识，她站着晃来晃去，消磨着自己被彭尼洛佩征用的时间（聚会时，彭尼洛佩不喜欢别人坐下来）。就在此时，耳边传来一个充满男性磁力的声音。循着这声音，埃迪斯看到一个身材高大瘦削、满脸狡黠的男人，正伸手抓了一把花生。埃迪斯站在那人身后，从背后看去，他显得有点儿焦躁不安，急着想走，找个什么借口都行,所以才会说出那句话。彭尼洛佩当然不答应,可他又说,近期拍卖商品目录上有一条出了些问题,自己要立刻赶去处理。

埃迪斯脑海中还漂浮着种种幻影:在阿拉伯咖啡馆中小坐,在地中海的海滨午睡。那人正态度坚决地向门口走去,她却有点儿神不守舍地低声问道:"能向我说说老屋吗?"

那人转过身,比埃迪斯高了整整一个头,目光顺着长长的鼻梁紧紧盯住埃迪斯,说道:"不过是奇尔特恩街一座五层高的仓库。"

埃迪斯仰起头,两人目光相遇,都尽力掩饰着自己内心的情绪。埃迪斯又垂下眼,他走了,什么也没说。

帮彭尼洛佩洗盘子时,埃迪斯问起:"那个高个儿男的,他是做什么的?"

"戴维·西蒙兹,是他吗?现在他可是家族生意的头儿了,西蒙兹拍卖行,经营乡村豪宅的销售,销量颇为可观。挺帅,是不是?他一直对我有点儿意思,不过这年头,要抓住像他那样的男人可不容易。他好像也问起了你。"

"你是怎么认识他的?"埃迪斯问道。

"我跟他妻子是同学,"彭尼洛佩说,"普里希娜,你也认识,应该见过不少次了。高个儿,金发,长得可漂亮了。今天她来不了。"

埃迪斯确实想了起来:那女人周身傲慢,似乎对什么都不在乎,却又不怒自威,自有一番威严。大嗓门儿,自信十足。一次,在彼得·琼斯店的瓷器部,埃迪斯与那女人不期而遇,看她走路的样子，脚上仿佛装了弹簧，活像个被大家宠坏了的高中女生，一个助理紧紧跟在她身后。

彭尼洛佩除下身上那片印着吉尼斯广告的塑料围裙，扯下橡胶手套，对埃迪斯说："要不你先回去吧，理查说他一会儿就回来，带我出去吃饭。"

埃迪斯站在窗边，望着理查出现在视野之中，迈着轻快的步伐，一蹦一跳地走了过来。埃迪斯暗想，岁数是大了点儿，可依旧步履轻健，诙谐活跃，条纹西服剪裁得很是贴身，只是穿在他宽阔的背上，显得有点儿紧。理查一扬手，暴露出手背上粗粗的青筋。埃迪斯又想起了戴维，不由自主地微微一笑，静静坐下，等着他出现。

过了两个小时，也可能是三小时，戴维来了，埃迪斯也知道他会来。两人什么也没说，只是死死盯着对方，迟迟不肯把目光移开。两人上床，完事儿后不一会就齐齐坠入温暖的睡眠之中，双臂还拥着对方。两人几乎同时醒来，望着对方，一齐发出快乐的笑声。自打那以后，埃迪斯似乎了解了戴维的一切，唯一让她吃惊的是，他肚子饿得那样快，胃口又是那样好。

两人都是聪明人，谁也不会受伤。

埃迪斯并没有为了戴维而放弃任何东西，也深深以此为荣。戴维从不知晓埃迪斯的星期天是多么空洞，长夜是多么无聊，也从不知晓她有多少次到最后一刻才取消了自己计划中的度假。每当戴维在萨福克度过一个拥挤而不和谐的周末，一边往车上装东西准备回程，一边在内心狠声咒骂时，他就会想到埃迪斯那座安静的小屋，想到客厅中暗淡的浅绿色。埃迪斯也早早上了床，想象着他和自己的家人在一起的样子，他们的日常习惯，他们的争吵，还有他们的快乐。当然，还有他们的孩子。

此时此刻，在这座杜兰葛山庄，这一切再度涌上心头，埃迪斯感到嗓子眼有一点点刺痛，泪水即将夺眶而出。不过，这种时刻她总是很善于掩饰，轻声向普西太太找了个借口，起身离开。自打她认识普西太太以来，这还是她第一次在普西太太之前离开。电话还是别打了，自己纵然不算颜面扫地，至少仍然处于假释期。

泪水从她那色泽浅淡的眼睛中滑落，视力却似乎反而更加锐利。过了约莫两个小时，埃迪斯在餐厅中落座，注意到餐厅中的灯光似乎更明亮，人更多，更热闹，所有的桌子都坐满了。在这个阴盛阳衰的地方，终于见到了这么多男人，真叫人心情舒畅。这地方似乎也再度洋溢起阳刚热力，侍应们在这些男性宾客的呼呼喝喝下也不由加快了脚下的步伐。埃迪斯落座的时候，那位一身灰色的男士也在，就是帮她捡起笔记本的那位，此刻微微起身，向她点点头，接着又坐下去，俯身忙着弄自己的鞋跟。那位爱狗女士身穿一身飘逸的雪纺绸长裙，薄薄的丝带在她那象牙般白皙的双肩上结了两个漂亮的蝴蝶结，真可谓风韵超绝。身处这暖和的餐厅中，享受着面前的美味佳肴，再加上如此周到的服务，埃迪斯感到自己心满意足了。她感到几分倦意，心想，今晚终于可以睡个好觉了。

普西太太也出现在餐厅门口，身穿黑色薄绸长裙，神色看上去有点儿迟疑，餐厅里的热闹把她给吓住了，要是找不到个人做伴儿,断然不会迈步跨进餐厅。詹妮弗站在她身后,神色温和。最后,胡伯先生亲自迎上前去,风度翩翩地伸出手,普西太太这才破颜一笑,在胡伯先生的搀扶下向前迈出步子。

埃迪斯再度从人们的视野中消失,她也早已习惯了这种情形,悄无声息地退出餐厅,来到沙龙。她是第一个到的,坐在空无一人的沙龙里,感到自己那原本就不算厚实的自尊又遭到挤压,几乎又要坠入到往日的自怨自艾之中。钢琴师坐了下来,向她微微一点头,准备演奏,埃迪斯也微微点头,心里想,自己表达情感也就剩下这点儿了:向钢琴师或博纳伊太太点头,听普西太太谈天说地,在自己的小说中装腔作势,假扮成另一个人说话。自己一直在等的那个声音始终没有听到,听到的都是无聊的废话,真正有意义的话听不到一两句。这一切让埃迪斯害怕,她眨眨眼,暗自发誓,要勇敢,要好好活,不要总是退让。可说起来容易,做起来艰难。

坐在沙龙里,喝着咖啡,埃迪斯感到自己被哀愁浸没,顺从地像个孩子,自己也仿佛穿越时间的迷雾,回到了儿童时代,仿佛又成了那个跟着爸爸,去艺术历史博物馆参观的小姑娘。普西太太母女来了,朝埃迪斯摆了摆手,埃迪斯就像个一心讨大人欢心的孩子,顺从地走了过去,在她俩的桌旁坐下。那位一身灰色的先生也坐在附近,假装在看报纸,可明眼人一眼就能看得出,他在听这桌人谈话。或许,这人是个私家侦探,埃迪斯想着,反正她对这人也没多少兴趣。

普西太太先往脸上补了补妆,再听上一两句赞美之辞,然后开口说道："知道吗，亲爱的，你让我想起了什么人，你的脸总是那么眼熟，会是谁呢？"

"是不是弗吉尼亚·伍尔芙。"埃迪斯主动说道。每当有人说她像什么人，又一时想不起来，她都会这样说。

普西太太没理会她，自言自语道："我一两分钟就能想起来，你们两个姑娘，自己先聊会儿。"她把右手的拇指和食指放在鼻梁上，一脸凝重的神情，詹妮弗无时无刻不在注意着妈妈脸上的一颦一笑，就怕看见这种神情，此刻不再同埃迪斯说话，把注意力放到妈妈身上。埃迪斯仰身靠在椅子背上，听着钢琴师的演奏，此时此刻，似乎谁都没有在专心听他的演奏。突然，埃迪斯意识到詹妮弗低下头，面容出现在自己的视线之上，对她说道："妈妈说要去看会儿电视，我们上楼去了。"说完，詹妮弗掉头看着妈妈挣扎着从座位上站起来，次次都那样艰难。埃迪斯也再度为这位女士的真实年龄泛起了嘀咕。

走到门口，普西太太猛然掉头，对埃迪斯说道："想起来了，我想起来埃迪斯像谁了。"埃迪斯留意到，那位一身灰色的先生背部猛然一抖，却仍然把脸藏在报纸后面。"是安妮公主，"普西太太大声说道，"我就知道能想起来，是安妮公主。"

## 第五章

"爱情对我来说就意味着婚姻,浪漫与爱情携手同行,女人就应当让男人崇拜自己。"望着莫妮卡把叉子深深插入巧克力泡芙饼中,埃迪斯觉得有点儿惭愧,暗想,自己实在是不谙人性。自己可以在小说中创造出人物,却不知如何去解读身边的人。

那晚，埃迪斯睡得并不踏实，梦境支离破碎，一幅幅有声有色的影像犹如放电影般在她的脑海中闪过，可意思是什么，只有等待日后去破解了。女士的脚踝小巧柔美，一位一身灰色的男士不期而至，似乎要刺探什么秘密；不知什么时候，他合上那份只是摆设的报纸，微微伸伸手脚，追上一位同事，去酒吧了；酒吧里异常热闹，不时传来欢声笑语，隔着整间沙龙都能听到。一小时后，那位爱狗女士从酒吧走出来，笑得前仰后合，花枝乱颤，双臂都搭在男人身上，一边是那个一身灰色的男人，一边是那个男人的朋友。琪琪仰起小小的脑袋，似乎想用圆滚滚的身子挡住主人的去路。看到眼前这一幕，胡伯先生和女婿轻声争论了一番，那位钢琴师已在局促不安中退场，临走时到处投去寻求安抚的笑容，可只有博纳伊太太向他微微一点头，作出回应。

信息在许多方面晦涩而混乱，埃迪斯不知自己当时是不是真在楼下，目睹了那一幕幕；或者，那一切都只不过是大脑中某个过于活跃的区域的产物。她心里明白，这一夜又不得安宁了，要想不深更半夜惊醒起床，就只有任由这些奇异的画面在脑海中流窜，半是梦境，半是记忆。一切都栩栩如生，似乎包含意义，可意义又不知道藏在何处。埃迪斯不安地伸了伸腰肢，感到自己被搅乱的睡眠绑架,成了它的囚徒。意识深处,某个地方,传来关门声。

早上醒来时,埃迪斯发现比平时晚了许多,一个熟悉又痛苦的念头涌上心头:这一天又报销了。一夜睡得艰难,这会儿埃迪斯只觉得脑袋隐隐作痛,既没有胃口,也不想见人。微小的噪音放大了许多倍,一辆手推车从门外经过,清洁女工交谈的声音又高又尖,直刺耳膜,简直难以忍受。她冲了把澡,感到自己笨重得仿佛身有残疾,然后尽全力摆出一副聪明伶俐的样子。沮丧就潜伏在心头,必须阻遏它前进的步伐。写小说肯定是没戏了,埃迪斯暗自对自己说,关好门,什么也别想。拉开窗帘,又是阳光灿烂的一天,远山已镶上窄窄的白边,清晰得仿佛近在咫尺。街道上的交通仿佛暂停了,这一天,四处正在举行另外一种活动。花园里,穿着雪白马甲的侍应们在玻璃天棚下面放上桌椅,虽然隔着玻璃,还是能感受到太阳的热力,侍应们正商量着,看是不是要把橙色的遮光帘拉下来。远方传来单调的钟声,埃迪斯突然想到,今天是星期天,心里不觉一惊。

看来,计划又要临时调整一下了,反正这方面她拿手。或许,就坐在日头下读读书,看来今天不会有人来打搅。无疑,此时此刻,其他房间中的宾客也在想着种种临时安排,埃迪斯几乎可以想象出他们之间的对话。普西太太和詹妮弗肯定正在通知司机,把车开来,拉她俩出去,午饭品尝几道美味佳肴,给这一天画上一个完美的句号。埃迪斯几乎已能看到那个衣着齐整的司机出现在酒店门口。那些日内瓦来的先生们,肯定会去远游,或许去湖对岸的依云山。留在酒店中不出门的客人不会多，博纳伊太太会是其中的一个，和往常一样，读点儿东西，默不作声。至于那位又高又瘦，身边总是带条小狗的美人儿，白天从来不会在酒店中看到她的身影，除了抽抽烟，吃吃冰激凌，她又能做些什么呢？埃迪斯觉得，今天自己恐怕要孤身独处了，这样过上一天倒也不错，她把自己的思绪沉浸于小说的情节中，这样才能远离真实生活中令她感到无能为力的一切。埃迪斯感到一丝倦意，看来什么热情、活跃、闲适，这一切今日都同自己无缘了。每当人们感到周身难受、坐立不安时，幻想岂不是一汪历史悠久的清泉，可以洗去周身的苦痛吗？可读哪本书好呢？这倒是个难题。每当埃迪斯写小说时，她就只能读一些早已读过的作品，而现在，她身心疲惫，内心中肉眼难见的不安令她感到浑身发烫，即便是最熟悉的小说也会令她望而却步。纸上的字迹会模糊变形，比如说，"梨子"（pear）会变成"害怕"（fear）。有些小说对她来说太珍贵了，她实在不想在迷迷瞪瞪中闹什么笑话，否则，亨利·詹姆斯若是泉下有知，恐怕也会愤慨，自己更不会原谅自己，只怕会饮恨终生。太著名的，不敢；太无名的，又不足。总而言之，埃迪斯无法集中注意力，最后拿起一本短篇小说集，作者是法国作家柯莱特，书名很美，叫作《有些欢乐唤作轻浮》。柯莱特，这个老滑头，倒是足以让自己打发掉这样的一天。

酒店露台上并非空无一人，却是鸦雀无声，一头坐着博纳伊太太，身穿米色长裙，外面还套了件外套，外套前面沾了一点污渍，头上戴着顶破旧的米色帽子。老太太把拐杖插在两腿之间，目光盯着下面的道路，身边的桌上放了只大大的棕色袋子，似乎随时准备提着走。露台另一头放了张躺椅，上面躺着那位爱狗女士，也是一声不出，脸上架着大大的墨镜，看不出任何表情。

这一天虽然灿烂，却已埋下了黯淡的种子。这是夏季的最后一天，湛蓝的天空看起来万里无云，日头高挂，紫苑花和大丽菊在阳光下一动不动。阳光虽然猛烈，却感觉不到刺眼的光辉。早些日子，树木还笼罩在深绿色的树荫中，这在八月底和九月初实在不寻常。这会儿，树木终于脱去夏装，叶子开始枯黄，时不时无声无息地向空中飘落，在灿烂的阳光下，愈发显得干得发脆。胡伯先生走出沙龙，愉快地搓了搓手，今天会多出不少散客来喝茶，不过目前一片寂静，听不到一个人说话，只有栗子从枝头坠落的声音偶尔传来。

那位一身灰色的先生今天穿得更素淡，也显得更有气派。埃迪斯看到，他手里拿着一顶巴拿马草帽，走出露台，走进花园，欣赏着周围的花草植物。看到那位爱狗女士也在，那人向她走去，在她颀长的身躯旁俯下身，乐呵呵地问候了一句，一条白生生的胳膊微微举起，手掌微微下垂，算是做了答复。那人向埃迪斯，也向博纳伊太太点点头，然后离开忙自己的事儿去了，脸上挂着常有的神秘微笑。

那人前脚走，那位爱狗女士就霍然直起身，身躯向埃迪斯的方向倾了倾，急切地向她低声说道："喂！喂！对不起，我不知道你的名字，能不能行行好，坐到我旁边来？今天我实在不想再应付那个男人了，可又没法把他赶走，除非发脾气。其实，我就快按捺不住了。"

虽然脸上闪过一丝遗憾,埃迪斯还是听话地合上了手中的书,横穿过露台,坐到那位女士身边的一张小座椅上。多好的天哪,埃迪斯暗想,一切是那样宁静。还好,她没把狗带在身边。

"我叫莫妮卡。"那位女士说道,伸出一只手指细长、柔若无骨的手。

"我叫埃迪斯。"埃迪斯答道,小心翼翼地握了握对方伸出的手,暗自对自个儿说,最好还是不要太近乎。

"我一直对你挺好奇,"莫妮卡说道,"一直想跟你聊聊,可你一直跟普西太太在一起。她那副样子我可实在是受不了。"

"她去哪儿了?"埃迪斯问道,希望莫妮卡能把嗓门儿降低点儿。这会儿,她倒有点儿希望普西太太能出现,身穿锦缎长袍,周身散发着神秘奇异的光辉,让等级和秩序回归原位。

"天知道,至少,今天不可能出去买衬裤了。抱歉,法语应该这样说。"说完,莫妮卡把"衬裤"这个词用法语又说了一遍,模仿着法国口音,有点儿过了头。"不过,她也不是做不出,在星期天还吵醒人家,叫人家为她开铺,就因为她手上有几个臭钱。"

"好像也没多少钱。"埃迪斯低声道,尽量做出不露声色的语气。佣人们躲在楼梯下面说些闲话时,感觉必定就是如此。

"兜里还是有几个钱的,"莫妮卡说道,"做生意挣得,亲爱的爸爸留下了个大钱柜,葡萄酒生意。"莫妮卡的话满足了埃迪斯的好奇。"普西的老公是做雪利酒进出口生意的,最可笑的是,那老娘们儿连一口雪利酒都喝不下去,说是受不了那味儿。她只喜欢香槟,谁又不喜欢呢?"

埃迪斯又想起了最后一次喝香槟时的情景,不由自主抖了一下。

"怎么了?"莫妮卡问道。

我有点儿倦了,埃迪斯暗想,必须小心,可不能对这个慵懒、奢华的女人有什么说什么。再说了,就算自己肯说,人家听着可能都嫌烦。无须深谈,浅交即可。

"没事儿,"埃迪斯答道,"琪琪去哪儿了?"

莫妮卡的脸挂了下来,说道:"犯错了,锁在盥洗室里了。你总不能指望那么条小狗也处处守规矩吧!瑞士人讨厌狗,真不知道是什么毛病。"

"你在这儿待的时间长吗?"埃迪斯问道。

"有一阵子了,"莫妮卡叹了一口气,"我在这儿疗养,哦,对不起,你病过吗?"

"没有。"埃迪斯答道。

"来点儿咖啡吧。"莫妮卡一挥手,立即有一位侍应不知从哪儿冒了出来,站到她面前。"能有个人聊聊天可真好。"或许,她的心神已许久没有如此扰动过了,正在一秒秒恢复。咖啡端了上来,莫妮卡毛手毛脚地为自己倒了一大杯,却只浅浅喝了一小口,就放下咖啡杯,掏出一根细细长长的香烟,又掏出打火机,蹿出的火苗足足有两英寸高。莫妮卡的一切似乎都被拉长了:她的身躯,她那长得出奇的十指,她的嗓音,还有那双浅灰色的大眼睛,今天看来微微有点儿血丝。透过深色玻璃杯,埃迪斯注视着这个女人,心中暗想,她肯定崩溃过,或许失去了某位至亲,看来要小心应付。

莫妮卡朝手中的香烟点点头,说道:"这儿明令禁止吸烟,见鬼去吧。"说完,又深深吸了一口,犹如准备潜入深水的泳者。过了几秒钟,她那完美的鼻孔中冒出两股烟雾。或许是肺上有了阴影,埃迪斯调整着自己的估计。她可真美!

外面传来车轮轧过石子路面的声音,埃迪斯和莫妮卡一齐扭头,看到博纳伊太太正挣扎着起身,刻满皱纹的脸绽放出笑容。汽车门砰的一声关上,一个男人迈着轻健的步伐走过花园,身后跟了个穿红色长裙的女人,脚上的高跟凉鞋在草坪上一踩一个深坑。"哦,妈妈,"那男人做出一副欣喜的样子,和博纳伊太太相互亲吻了一下。

"可怜的老家伙,"莫妮卡说道,嗓门儿放小了些,"她就是为了儿子才活着,为儿子做什么都是心甘情愿。她儿子一个月来看她一次,开车带她出去兜兜风,再送回来,然后就把自己老娘忘到脑后了。"

"她为什么住这儿?"埃迪斯问道。

莫妮卡耸耸肩,说道:"全是她儿子的主意。他觉得自己妈妈是个土老帽,实在不适合和他自己,还有他那个漂亮老婆住在同一屋檐下。瞧他那可怕的老婆,原本不过是个剪头的,后来甩掉了自己的第一任老公,钓上了这条大鱼。博纳伊太太有幢很漂亮的房子,在靠近法国边境那边,在当地是个颇有些名望的家族。不用说,媳妇想独霸大屋,老太太就得让路了。老太太受不了那媳妇，打心眼儿里看不起她，就该看不起她。可老太太又不想看到儿子为难，于是就住到了这儿来。"

"你怎么什么都知道？"埃迪斯问道，感到既吃惊，又佩服。

"老太太自己告诉我的。"莫妮卡答道，接着又吸了一口烟。

"我怎么从来没听她说过一个字。"埃迪斯说道。

"交谈对那老太太来说有点不容易。"莫妮卡答道，望着埃迪斯疑问的目光。"她聋了，一个字也听不到。这叫什么日子！"

两人看着那男人和他老婆把博纳伊太太拥进汽车后座，埃迪斯暗想，这一对可不大般配。那男的身材壮实，皮肤黝黑，戴着墨镜，倒像是赌场里坐庄的，这会儿休息，等到夜幕降临，就又要开工了。那人的老婆年轻得多，一头黑发，周身上下都是名牌。看着车缓缓驶离，埃迪斯暗想，那女人还会把现在的老公再甩了，到那时，可能博纳伊太太就能回家了。可转念一想，那种可能性并不高。

埃迪斯寻思着，莫妮卡知道的可比我多得多，她自己却真是个谜。陪在莫妮卡身边，早晨过得甚是愉快，莫妮卡坚持一定要去城里的咖啡馆，再喝杯咖啡，吃两块蛋糕，搞得埃迪斯满头雾水。"就要吃午饭了。"她说道。莫妮卡脸上闪过一丝隐晦的神色，说道："走吧，今天是星期天！再吃那鱼我都要吐了！"

望着莫妮卡把叉子深深插入巧克力泡芙饼中，埃迪斯觉得有点儿惭愧，暗想，自己实在是不谙人性。自己可以在小说中创造出人物，却不知如何去解读身边的人。看来，要了解身边人的行为，自己还需要配上一个翻译。身边这个女人给人的感觉实在是舒服，虽然容易引起争议。看到莫妮卡出门向咖啡馆的方向走去,埃迪斯跟在身后,胡伯先生的眉头微皱了一下。

莫妮卡仰面靠在椅子背上,又点了一根烟,贪婪地猛吸一口。埃迪斯大胆问道:"有个人我始终看不大透,就是詹妮弗。"

莫妮卡那双曼妙的椭圆形眼睛没有任何表情,说道:"詹妮弗。"微微停顿了一下,接着说道:"詹妮弗,我向你保证,绝对是个直肠子。"

埃迪斯看了看腕上的表,差不多下午一点了。"该走了。"她语气坚决地说。莫妮卡面色一沉,又摆出那种常见的阴郁。拜托,别做戏了,埃迪斯一边想,一边伸出手,说道:"走吧。"可对方并没有动弹,只是肩膀耸动了一下。"你笑的时候很漂亮,今天天气又这么好,不想和我一道回去吗?"虽然满肚子不情愿,莫妮卡还是跟着埃迪斯慢慢走到门口,脸上露出不常见的微笑。这女人可真是个谜,埃迪斯暗想。

回到酒店,两人看到普西太太母女已经回来了,正坐在露台上,身边坐着那位不知叫什么的先生,手里还是拿着那顶巴拿马草帽,旁边的小桌上放着瓶开了口竖在冰桶里的香槟。

"瞧,谁来了。"普西太太发出优美的声音。"来,和咱们一起坐会儿,亲爱的,一直在找你。"普西太太对莫妮卡似乎视而不见,而莫妮卡也紧闭双唇,戴上墨镜,迈着不屑的步伐,向露台另一头的躺椅走去。

埃迪斯有点儿为自己新结交的朋友愤愤不平,正在犹豫不决时,门口出现了几位侍应,胳膊上搭着餐巾,正好帮她解了围。

普西太太也看见了那几位侍应,立即挣扎着想站起身来,那位手里拿着巴拿马草帽的先生伸出一只手去搀扶普西太太,詹妮弗拿起妈妈的外套,三人一齐走进餐厅。

"来啊,莫妮卡。"埃迪斯催促着莫妮卡,可莫妮卡耷拉着嘴角,懒洋洋地把手微微一举,然后就好像睡着了,任你有什么想法,就是不理不睬。

午后的阳光流淌着金黄的色彩,这么美好的一天,大家又都来到了露台上,埃迪斯坐到了普西太太母女身边,还有那位拿巴拿马草帽的先生,他叫内维尔。莫妮卡还是远远地侧身躺在躺椅上,只给大家留下了一个背影,纹丝不动,如一尊石雕。内维尔不知从哪儿弄来了几份英语报纸的周日版,大家轮流传着看,一个小时静悄悄地过去了。普西太太心不在焉地翻了翻五彩斑斓的周日增版,长长地叹了一口气,说道:"真是个丑陋的世界,满纸都是贪婪和耸闻,外加下流的桃色绯闻,没有一点儿品味。亲爱的,能上楼去帮我拿本书来看吗?"

"当然。"詹妮弗起身离座,埃迪斯和内维尔彬彬有礼地假装什么也没看见,可这么大动静要做到视而不见,还真不是什么容易事儿。"恐怕,我是个浪漫主义者。"说完这句话,普西太太向身边的几位笑了笑,大家虽然不大情愿,可还是统统收起了手中的《观察家》《星期日泰晤士报》《星期日电讯报》。"瞧,我从小接受的教育就是相信正义。"又来了,埃迪斯暗自想到,强忍住一个哈欠。普西太太还不肯罢休,继续说道:"爱情对我来说就意味着婚姻,浪漫与爱情携手同行,女人就应当让男人崇拜自己。"

内维尔先生微微一点头，向这个观点表示认同。"或许，我是个幸运儿，"普西太太轻声一笑，继续说道，低头整了整丝绸套头衫上的蝴蝶结。"我丈夫就崇拜我，谢谢，亲爱的。"詹妮弗走上前来，向普西太太递上一本平装书，封面上印着扭曲的抽象艺术图案。"我就喜欢这种故事。"普西太太接着说。埃迪斯注意到，这位太太一边读书一边还能说话。

"《午夜阳光》，"内维尔神情凝重地读出书名，"作者是瓦妮莎·维尔德，我没有拜读过这位作家的大作。"这句话是说给埃迪斯听的，他扭头望着埃迪斯，埃迪斯却侧身凝视着远方的湖面。

"这本并不是她最成功的作品。"普西太太接上了话茬。

作为那位作家的同行，埃迪斯感到心里一痛。这本小说我就很喜欢，她暗暗对自己说。那一次，戴维在度假避暑，和老婆一起躺在希腊的沙滩上晒太阳，心里却很是烦躁。我想象着他享受美好时光，自己却每天奋笔疾书十个小时以上，唯有如此才能不去想他。真为自己而自豪，那时距现在已经三年了。

埃迪斯两腮的绯红渐渐褪去，双眼蒙上一层回忆的薄雾（要是彭尼洛佩在场，她一定会说，你需要戴眼镜了），内维尔把身子靠了过来。

"等我为这两位女士点了茶，"内维尔说道，"您能否和我出去走上一会儿？这么好的天今年恐怕不会再有了。"埃迪斯没作声，却听到了普西太太的声音："去吧，亲爱的。"声音很遥远，仿佛在暗示，她看书看得正起劲儿。

外面人可真多，埃迪斯边走边想，身边这个伴儿一直沉默不语,倒也叫埃迪斯暗自庆幸。两人迈着缓慢的步伐,渐渐离开市镇,走到湖畔,远方的城堡在逆光中显得阴森忧郁,只能看出轮廓,让人看了不舒服,与湖面上的片片金鳞正好形成对比。城堡建在岸边一块狭长的岬角上,向湖面伸出一只脚,仿佛要把湖水拒之门外。过不了多久,太阳就会落到城堡的背面,城堡巨大的身形也将笼罩在幽暗之中,看起来会更加庞大,仿佛正在向两人走近。两人不约而同地驻足观看,不愿错过这阳光寂灭之前的盛景。这一天的色彩正在渐渐褪去,天空已由湛蓝转为浅白,预示着午后时光已渐渐走到了尽头。夜幕悄悄降临,一抹哀愁悄然袭上埃迪斯的心头,她身边的伴儿看了她一眼,说道:"要不要坐一会儿?"说着,把她领到一张长条石凳旁,坐下,翘起标致的脚,先向埃迪斯道了个歉,然后点起一根雪茄。

"好了,伍尔芙女士。"内维尔说道。"咱俩还没有正式介绍自己。我叫菲利普·内维尔。"内维尔语气平静地说。

埃迪斯飞快瞥了他一眼,第一次注意到他脚踝以上的部分,他侧身而坐,姿势就像坐在普西太太身边时一样。

"要不,叫你瓦妮莎·维尔德怎么样?"内维尔说道。

好几个星期以来,埃迪斯第一次笑出了声,这声音真是久违了,连埃迪斯自己都吓了一跳。一开了头,埃迪斯就再也停不下来。内维尔神情满意地看着埃迪斯,仿佛胸臆间有一股气息向上急涌,要从口鼻中喷薄而出。最后,他和埃迪斯一起大声笑起来,埃迪斯笑到用手去擦拭泪水,内维尔的脸上依旧挂着笑容。

"瞧,刚才这样比你平时的表情可是好太多了。"

埃迪斯吃惊地望了望他,说道:"真没想到,居然还有人对我的表情感兴趣。我一直以为自己唯一的好处就是聆听,就好像画家请的业余模特儿,两者的好处都是,不需要时随时可以丢到一边。"

"你觉得自己是个业余模特儿?"

"不是我,而是别人这么看我。"

"别人只想看到你的人,却不想听到你的声音?"

"他们要我带上耳朵就行。"

"虽然你没有开口,可还是说出了许多东西。"

"我怎么没感觉到……"

"你看上去可真庄重,倒不是说你有心摆苦脸,装深沉。我觉得,你不大会装。"

"别太肯定。"埃迪斯说道,神色突然阴沉了下来。

"别误会,我不是说你是心神烦躁不安。我的意思是说,要是自己年轻点儿,再时髦点儿,或许我可以解构你的话语所指。"

埃迪斯勉强笑了笑。

"这样就好多了,我觉得,你心里特别烦。"

内维尔语气轻柔,几乎可以说友善,令埃迪斯的双颊泛起一片潮红。埃迪斯深深吸了一口气,定了定心神,眼睛放射出光芒,向内维尔点了点头。

"确实,"内维尔说道,"没错。我建议,咱俩哪天出去走走,你知不知道我们南边的群山?"

埃迪斯摇摇头。

"那里生产葡萄酒,"内维尔说道,"也有几家颇为不错的餐馆。不反对的话,我给你打电话。"

两人原路返回酒店,普西太太和詹妮弗还在露台上,正准备回房,双方打了个招呼,没什么特别用意。莫妮卡依旧动也不动,没有任何表示。博纳伊太太回来了,笑容中掺杂着几分焦躁,她儿子和媳妇坐在她身边,大声谈着两人的私事儿,反正老妈一个字也听不见。最后,老太太的媳妇对她儿子点了下头,说了声:"到时间了。"老太太的儿子立即起身,准备走,媳妇向老太太伸过脸去,让老太太吻一下,然后就跳开向小车走去。老太太还想拉住儿子再多坐会儿,可小车已响起了喇叭声。"不能再等了。"老太太的儿子一边说,一边在老妈的双颊上用力亲吻了几下。博纳伊太太还站在露台上,望着儿子消失的方向,直到四周归于沉寂,连埃迪斯和内维尔都似乎能感觉到那厚厚的死寂。

那天晚上,在餐厅里,埃迪斯一个人坐在餐桌旁,觉得笑容不时浮现在脸上。吃完饭,她和普西太太母女一起喝了杯咖啡,找了个借口早早回房去了。她感到身体有几分疲倦,心情却很舒畅,仿佛比平时充实了许多。

"詹妮弗,快去请内维尔先生过来,"普西太太对詹妮弗说道,"瞧他一个人,怪孤单的。"

埃迪斯暗想,内维尔先生可不是不会照顾自己的人,脸上微微一笑,向餐厅门口走去。

回到房间，拉开窗帘，走到小小的阳台上，埃迪斯看到，天空中挂着一轮明月，空气中飘荡着牛奶的芬芳。她在阳台上坐了一会儿，许多念头在心头闪过。今夜真美，恬适，宁静，比大多数夜晚都宁静。埃迪斯觉得周身舒坦，最后走到房间里的镜子前，对着镜子梳了梳头，一边想，今晚终于能睡个好觉了。

突然间，门外过道里传来一声尖叫，接着是一阵匆匆的脚步声，把埃迪斯吓了一大跳，不知出了什么事故，有怎样的惊险。她竖起耳朵听，一动不动，恐惧又习惯性地在心头升起。四下里一片沉寂。埃迪斯小心翼翼地拉开门，看见灯光从普西太太的套间泄出，听到里面有说话声。天哪，她想到，难道是普西太太犯了心脏病？她鼓足勇气，冲了过去。

开着的是詹妮弗的房门，詹妮弗身穿锦缎睡袍，肩带从圆滚滚的肩膀上垂了下来，掩不住一阵阵笑声和喘息声。门口站着普西太太，身穿一件淡红色和服，一只手掩着自己的嘴。房间的角落里跪着内维尔先生，手上拿着一份报纸，正忙着捉什么。不一会儿，他直起身，走到窗边，把什么东西倒到窗户外边。

"现在安全了，"内维尔大声宣布，"再没有蜘蛛了。"说完，他看了看埃迪斯。

普西太太走上前去，把一只手放到内维尔胳膊上，说道："真不知道该怎么感谢你。自打小丫头起，詹妮弗就怕蜘蛛。"

埃迪斯暗想，你女儿现在可不是小丫头了，心中又留下一幅詹妮弗的影像，一幅之前没见过的影像，有点儿像苏丹后宫中的宫娥艳姬，那件睡袍下面的胴体还真是丰盈。

过道里，埃迪斯向内维尔道了声"晚安"，内维尔脸上又挂起神秘的笑容。

那晚晚些时候，琪琪终于恢复了过来，感到饿了，于是狂吠不止，一直吵到凌晨才消停。埃迪斯终于迷迷糊糊睡着了，朦胧中仿佛又听到了关门声。

# 第六章

  跟莫妮卡在一起时,埃迪斯仿佛进入了另一个世界,那里充斥着轻佻张狂、冷嘲热讽,整天想的就是和谁干上一场。这个女人就是不肯做出有夫之妇该有的样子,足迹所到之处,设下一个个美丽的陷阱,看着真是令人为之慨叹。

我最最亲爱的戴维：

我的伪装终于被吹走了，等会儿再说这个。

杜兰葛山庄这片不毛之地终于绽放出花朵，仿佛一朵从未见过的新品种玫瑰。恐怕普西太太和詹妮弗再也不能指望我聆听她俩的购物奇遇了（从来都是大获全胜，不管买什么，从来都i是最好，最时髦的），因为我自个儿也要出门买点儿东西去了，之所以能有此不寻常之举，主要是沾了莫妮卡，也就是先前说的那位无名女士的光。她想出去散散心，所以说好了租辆车，把我也带上，带我去见识见识她认识的地方，再为我挑上几件衣服。我也知道，她为我挑的衣服肯定更合她的眼光。说真的，有时我觉得，其实她和普西太太有一个共同点，就是眼光远远高于我。可不知怎么，这两个人就是合不来，于是我就成了两人之间的缓冲地带，我感到自己仿佛正坐在巴尔干火药桶上。虽然她挑的衣服并不是很合我的心意，我还是买了件蓝色丝绸长裙，很漂亮，我想你会喜欢。莫妮卡说，穿上这裙子能让我看上去年轻好几岁。一想起自己刚到这里时的样子，我心都要碎了。

莫妮卡这个旅伴很有激发力，不过对人的要求也很高。我终于知道了她为什么待在这儿，按照婉转的说法，莫妮卡进食有些困难，反正她自己是这样说的，报刊上经常有这种事儿报道。到了她身上，具体症状就是：她一到餐厅坐下就全无胃口，把面前的食物挑来挑去，只感到强烈的厌恶，最后大都便宜了她抱在膝上的小狗琪琪。两餐之间，有时会在车站附近的一家咖啡馆看到她，喝着咖啡，吃着甜点。莫妮卡背后的故事也挺有意思：她丈夫是贵族出身，急需有个一男半女，于是把她送到这儿，并严令她调养好身子，为传宗接代做好准备，要还是腹中无物，就只能拿上几张卡，从府上自动消失，腾出空位，让她丈夫另作安排。不用说，她闷闷不乐，对她而言，去咖啡馆吃甜点就像别人去贫民窟一样，纯粹是出于猎奇。莫妮卡很忧郁，她自己也很想要一个孩子，可我觉得恐怕有点儿难，她这个人太漂亮了，太瘦了，也太养尊处优了。瞧她那胯骨，细得像鸡身上的胸骨。

我常和她一起出去走走，目前已有套路可循。我俩在城中四处逛，莫妮卡总会对路边小商店中的商品指指点点，一脸瞧不上的表情。其实，那些商品中有些也实在不便宜。每当我俩经过哈芬尼格咖啡厅，她总会迫不及待地进去喝上一杯，她有时候就像个孩子，一到那家店门口就会突然停下脚步，再也不肯向前迈一步，她的琪琪也开始闹，于是我们一起走进店门，一杯咖啡不知不觉就变成了几杯。跟我在一起她没有必要伪装，她说，跟我在一起感到安全（谁又不是呢？），一杯咖啡在手，她又开始扯起自己的艰难处境，一发不可收。对于丈夫，她又怕又恨，都是因为那人没能保护好自己的老婆，她似乎已经能看到自己孤身一人风雨飘零的样子，在这一点上她很固执。看得出，这种靠家里汇钱，幽居国外的日子已经有几年了，不单在这家酒店，瑞士形形色色的酒店肯定都已留下她的身影，她那张美丽的面孔已变得憔悴不堪，总是带着一副不屑一顾的神情，把琪琪紧紧抱在怀中，一刻也不肯放手。把自命不凡坚持到底，这就是她手上最后的武器，现在就能看得一清二楚。她瞧不起自己的夫家，说那一家人过去不过是卖铁的，突然就发达了（据我所知，她丈夫的一位先祖在十九世纪初发明了一样装置，虽然不大，但对于当时工业的发展却起到了关键作用），说起自己的家族就赞不绝口，仿佛天上有，地下无。按照艾瑞斯·普西的说法，莫妮卡就是个逐金女郎，可现在看来，她这辈子是很难再嫁入豪门了。一想到自己的未来，她那张秀美神圣的脸就陷入悲哀阴郁之中。

不用说，这些事儿把原本计划写小说的时间占去了不少，不过我想再多待上一阵子，现在这里天气还是很好。

而且，我也终于能稍稍展示下自己的魅力了。这儿有一位先生，叫内维尔，长得可像画中的威灵顿公爵了，就是几年前国家美术馆失窃的那张。昨天,他带我去远足,走了好远……

埃迪斯放下笔,觉得再往下写就不合适了,种种粗俗、低劣的念头在心底纠缠,只等着一有空隙就发芽钻出头。其实,花上这么多时间去谈穿衣打扮,或者去算计别的女人的收入和机遇,这并不符合她的个性。她总觉得,如此这般搬弄是非,是内心卑劣的表现,可她身边的人一天到晚谈的就是这些,她虽然没有积极加入进去,却也没有掩耳走开。比如说,莫妮卡。跟莫妮卡在一起时,埃迪斯仿佛进入了另一个世界,那里充斥着轻佻张狂、冷嘲热讽,整天想的就是和谁干上一场。这个女人就是不肯做出有夫之妇该有的样子,足迹所到之处,设下一个个美丽的陷阱,看着真是令人为之慨叹。莫妮卡以为,凭着自己轻佻放肆的言行,就能打破丈夫的尊严,让他低头服输,挽留住自己;如若不然,至少也要坏了他的名声。她丈夫任她一个人在海外漂流,自己却在追求着别的计划,有着别的图谋,可她仍在等着他,就如同等着自己的仇敌。一旦和丈夫见面,凭着自己的一腔怒火和几多羞辱,莫妮卡一定能重新燃起她与丈夫之间的那把火。在丈夫出现之前,莫妮卡像是个女冒险家,需要一位女伴,一个可以向之吐露心声,又无须在意其看法的温顺随从。

埃迪斯接着想到,其实在普西太太心目中,自己所扮演的何尝不是这样的角色?再延伸稍许,甚至连詹妮弗都是这样看待自己。想到这里,那对母女一度和蔼可亲的形象不禁大打折扣。普西太太成功做到的恰恰是莫妮卡嗤之以鼻的东西：养尊处优的布尔乔亚，堪为表率的公众形象。可一想到普西太太提起自己丈夫时的样子，埃迪斯的心不禁又不安起来，或许，普西太太的丈夫也不过是她自我中心的一幅影像。直到现在为止，普西太太没有提起过自己丈夫的姓氏，对他的职业、家世也是三缄其口，要不是有别人相告，埃迪斯到现在对那个人也还是一无所知。这位先生又是如何撒手人寰的呢？没有具体日期，更没有详细的介绍，不过，埃迪斯早已学会了小心谨慎，不会轻易触碰到这个话题，别自己表达了同情和安慰，别人非但不领情，反而招来厌恶。我也有过去，埃迪斯沉思道，有些事儿也让自己发火，却又何来特色可言？我也经历过生离死别，不久前就有过。不过，我已学会了如何遮掩，如何把那些事儿盖上盖子，不让它们见光。对我而言，暴露出自己的伤心往事，就意味着情感上的放纵和失控，只怕日后要后悔莫及。其实，真正令埃迪斯内心不安的倒不是普西太太那种看似轻松的显摆，而是她从普西太太内心深处发现了几分轻浮，些许浪荡。普西太太喜欢与人打情骂俏，即便身边根本没什么值得她轻浮一番。埃迪斯看在眼里，痛在心里，当然，普西太太那一套既没有顾忌，也不会伤害到谁。

极少数时候，普西太太一人独处，埃迪斯悄悄注意到，这位太太会做出各种小动作，吸引旁边人的目光，做出一副忙碌的样子，最后肯定会有某人被吸引到她跟前，向她伸出援手。她一定要吸引到某个人，某个在她看来足以满足她当前需要的人才肯善罢甘休，在此之前断然不会安安静静地坐着。对于她自己，她的魅力，她一定要展现到淋漓尽致，却又不留痕迹，可一个女人到了这把年纪，又能剩下多大魅力呢？看来，这位老运动员还舍不得退场，哪怕是为了自己的女儿也不行。和普西太太在一起时，詹妮弗的风头完全被自己的妈妈遮住，显得相当被动，普西太太倒是双目闪闪发光，脑袋微微侧向一边，满脑子想的都是明天穿什么才好。埃迪斯过去也曾见识过不少洒脱豪迈、不拘小节的人物，百无聊赖时也曾窥探过那些人的内心世界，可并不是所有此类人物的喜好和趣味都如此安静。是不是该哈哈一笑，把普西太太的种种行为当作无害的奢侈？普西太太是不是仅仅钟情于他人羡慕的目光，仅仅钟情于游戏人间？看来是确定无疑了，也就是这么回事儿。埃迪斯一边想着，一边感到熟悉的嫉妒感就要冒出头来了。自己的妈妈，生于维也纳、长于维也纳的罗莎对此绝不会有半点儿疑问，女人身上的这种气质她一眼就能看出来，也最欣赏。当年，自己的妈妈，还有她的妹妹和表姐，三个姑娘一起躲到母亲和阿姨听不到的地方，大谈特谈自己最近的斩获，或者最近遇上了什么样的情敌。三个人会一边点着头，一边铆足劲用法语说："就该这样看。"（只要谈到了不愿被长辈知道的事儿，三姐妹就会用法语交谈。）罗莎会噘起嘴唇，不是鄙视，而是为自己逝去的大好年华而愤愤不平，心有不甘。自己原本应该有着成群结队的情人，把她簇拥在中心，为了她而耍聪明，使手段，可如今，身边只剩下一个话越来越少的丈夫，还有一个同样默不作声的女儿。

普西太太厌恶莫妮卡，从莫妮卡身上不仅看到了对抗，也看到了失败。在普西太太眼中，莫妮卡就是个冒险客、拜金女，简直根本就容不下她出现在自己的视线之中。莫妮卡轻而易举可以摆出一副不屑一顾、偏又招人注意的姿态，可在普西太太眼中，那一切不过是门面，普西太太并没有明说那副门面后面隐藏着什么，不过她总会拐弯抹角地暗示出来，只要是她知道的。

埃迪斯暗想，好多女人最后还是要嫁人，就是因为受不了整天和三姑六婆搅在一起。自己何尝又不是如此？彭尼洛佩日复一日给自己打气，想激发出自己的自信，可自己又怎么样？总是耷拉着脑袋，一副逆来顺受的德性，何来自信可言，更无力去面对自己面前的诸多问题。自己怀着一颗静如古井深潭的心，整天伺候花草，写写小说，脸上看不出任何不甘、同情与好奇，人前人后总是沉默寡言，只有想到戴维时，心中才会升起一股热望。

大家都以为埃迪斯是个老姑娘，她也认识一些老姑娘，有时那些人春心大发，问她有没有男人。对于这样的问题，埃迪斯的回答一向是没有，对方的反应也总是翻眼望望天空，似乎在哀叹，这女人算是没救了。谁都没料到，埃迪斯没有说实话。其实，埃迪斯撒起谎来水平很高，丝毫不着痕迹。有时候她觉得，自己整天在虚构情节，是不是在为最后一击做着准备，到时候所有一切虚构都将变成现实。埃迪斯知道，戴维撒谎的样子可没那么自然，甚至可能已经让他老婆嗅到了风声。一次他跟老婆吵嘴时说，自己不会在一棵树上吊死。她老婆嘴一撇，冷冷一笑，心里明白，他肩上的担子有多重：房子、孩子、职业，还有声誉，料他也不敢撂挑子。戴维的朋友们有些纵着他，他原本就是个魅力十足的男人，又为何不让他稍稍享受一下人生呢？不过他们以为，戴维享受的对象是一个又一个年轻风骚的女秘书，也可能是别的什么人的老婆，从没有人对埃迪斯起过疑心。

埃迪斯当然认识戴维的老婆，不过总是设法避开那个女人。生性怯懦，处处退让，渐渐地，周围的人也对埃迪斯不理不睬，由她去了。记得埃迪斯参加过一次宴会，纯粹是人情世故，实在是推不开，可没想到与戴维夫妇不期而遇。还没进客厅，她已听到戴维那爽朗的笑声，顿觉一阵迷茫，不知是该待下去，还是该拔腿就走。最后，她的一双脚把她拖进客厅，不知不觉间，她在客厅坐下，手里捧着一只玻璃杯，里里外外都看不出任何失态的地方。她举止得体，完全满足了别人对她的期待：安安静静、斯斯文文，偶尔开一开口，提出一两个问题。埃迪斯左边坐了位中年男子，女主人看到他俩时，脸上似乎流露出一丝满意的神色。埃迪斯听着那人说话，目光却越过餐桌，投到戴维老婆身上。那女人和往常一样，眉飞色舞，神采飞扬，喝了不少酒，凡事都要和别人争辩一番。是够性感，但依旧不知足，埃迪斯感到心头一痛。埃迪斯接过别人递过来的一根香烟，邻座的那位中年男子立即掏出打火机，埃迪斯扭过头，向那人投去自己习惯性的笑容，那种夹杂着沉重的笑容。晚些时候，宴会快要结束时，埃迪斯看到戴维坐在老婆身边，一只胳膊放在老婆身后的椅子背上，他老婆的目光甚是迷离，双颊布满绯红，此刻安静了下来。埃迪斯看出来，今夜这女人和戴维肯定要好好干上一场，于是突然起身，向女主人致谢，准备走了。

"亲爱的,真的要走吗?时间还早得很嘛。"

"真是对不起,手头还有些活儿要干。"

"可怜的埃迪斯,还要挑灯夜战。你的小说可真好,大家都是你的粉丝。你打算怎么回家?"

那位邻座男子立即自告奋勇,开车送埃迪斯回家,于是两人一起出了门。回家路上,埃迪斯话很少,那男子叫乔弗里·朗,在宴会上他和埃迪斯已经相互介绍过了,他也没什么话。不过,埃迪斯隐约感觉到,这人神色很是和蔼,坐在他身边很是舒服。埃迪斯对乔弗里说,不必下车了,改天一定要上门来喝杯咖啡。埃迪斯与乔弗里交换了电话号码,然后站在小小花园的门口,向乔弗里挥手道别。走进自家花园,埃迪斯折下一根薰衣草的细枝,在掌心揉碎,鼻中嗅到薰衣草的芬芳。终于回家了,哦,戴维,戴维。

埃迪斯知道,戴维不会放走手上的任何东西,自己不过在他的享乐中占有一席之地罢了,这一点千万不要忘记,千万不能有非分之想。

第二天早上,埃迪斯与宴会女主人通电话,才知道自己走了以后,宴会出了点儿状况,至少别人是这样说的。女主人说:"普里希娜可真能闹,可怜的戴维,简直应付不过来。当然,这两口子绝对忠诚。"埃迪斯想象着当时那一幕:你来我往,相互指责。接着,女主人又说道:"你跟乔弗里算是认识了吧,真替你俩高兴。自打他母亲去世后,乔弗里一直心情低落,过几天还有个聚会,你一定要来。"可埃迪斯已下定了决心,再也不去那种场合了，还是把乔弗里留给无所不能的媒人吧。于是，埃迪斯说，自己可能要消失一阵子，直到手头这本书杀青。一等手头的时间宽裕点儿，就会主动联系，不过，要是女主人能赏脸，哪天上门来喝杯茶，她一定荣幸之至。窗外的花园看上去可真美。

那已经是四年以前的事儿了，那晚因戴维而起的不快很快就模糊了。一天，彭尼洛佩拉上埃迪斯去参加西蒙兹拍卖行的一场拍卖会（她总是喜欢召集起自己的手下，也不管别人是不是认可她的统领），见到了戴维和他的仓库负责人斯坦利，两人都穿着衬衫，卷着袖子，屁股底下各坐着一个包装箱，身边的第三个包装箱上放着两大杯茶，还有一叠色泽已发暗的果酱馅饼。戴维挺起沉重的身躯，向彭尼洛佩和她笑了笑，尽力做出殷勤的样子，可埃迪斯看得出来，他心里在想着别的事儿。彭尼洛佩满脸不悦之色，埃迪斯看到她的脸色变红了，等到戴维的目光落到自己身上时，话突然多了起来。"两点半，戴维。"斯坦利提醒道。彭尼洛佩转过身去，同斯坦利说上两句，那神情仿佛是在施舍，埃迪斯用尽全力做到不动声色，戴维一边套上外套，一边轻轻眨了眨眼。就这样，两人已商量好，晚上要紧急见上一面，虽然两人一个字也没说出口。大家再见到戴维时，他又一本正经起来。大家在一排排座椅中落座，仿佛又回到了孩提时代，成了遵守纪律的学童，所有人的眼睛望着前方，仿佛在望着教堂中的祭坛。拍卖台后站着戴维，手里拿着小锤，大声宣布："第五号，《时间揭示真理》，作者，弗朗西斯科·富里尼，起拍价……"

埃迪斯静静坐在杜兰葛山庄那酱紫色的房间中，双手放在膝盖上，不知道自己为什么要到这里来。想起来了，她开始颤抖，想到自己那些龌龊念头，不禁羞愧万分。想想看，自己遇到的这些女人，个个都对自己这么好，而自己呢？不单把自己的事儿捂得严严实实，居然还把别人想得如此不堪。自己对女人实在是过分了点儿，因为自己对女人的了解远超过对男人的了解。自己知道女人何时警醒，何时耐心，何时需要大肆宣扬自己的成功，何时又三缄其口，绝不承认自己的失败。自己什么都知道，因为自己也是个女人。自己对女人过分，因为自己总会想到妈妈那恶狠狠的眼神，因为自己一直在小心提防，怕再遇上妈妈那样的女人。并非所有的女人都像妈妈那样，可自己偏偏以为她们都一样，是不是太愚蠢了？埃迪斯啊，埃迪斯，爸爸肯定会说，你算错了。埃迪斯垂下头，好容易才摆脱心底对自己的鄙视。还说什么自己像伍尔芙，真是不害臊。埃迪斯又坐了好长时间，然后站起身，梳理梳理头发，拿起手提袋，下楼去喝茶了。

沙龙只坐了一个人，是博纳伊太太，一双苍老的手已是棕色，不停拂拭去撒在裙摆上的面包屑。埃迪斯向老太太笑了笑，老太太点点头作答。上个周末后，酒店就空了下来，天气依旧晴朗，可也看得出正在走下坡路，无论是阳光还是温度都一天不如一天。露台上阳光和暖，四下里，能见度不是那么高，到午后更是起了一层薄薄的轻雾。午后时光越来越短，空气中弥漫着水汽，看来一场阵雨正在加紧到来的步伐，远山又一次躲到了薄雾的背后。

"你在这儿啊，亲爱的，"传来普西太太的声音，"才过几天，都快认不出你了。詹妮弗还以为你不理我们了呢，是不是，亲爱的？"詹妮弗手中捧着普西太太放下的《午夜阳光》,这会儿仰起脸,笑了笑,说道:"还以为你把我们给忘了呢,妈妈可伤心了。"

埃迪斯一面坐进柳条椅,一面懦懦说道,不会,不会,怎么会呢,然后问母女俩今天都干什么了。母女俩立即报以一阵大笑,向埃迪斯讲了许多事儿,虽然桩桩件件都是那样琐细,母女俩脸上却绽放出盛开的花朵。

# 第七章

"一旦结了婚,你就能像其他人一样火辣,以你的潜力而言,甚至可以做到有过之而无不及。""过奖了。"埃迪斯答道。"到那时,你就会交游广阔,嘴里有着说不完的话,再也不用一个人等在电话旁。"埃迪斯霍然起身,说道:"有点儿冷了,还走不走?"埃迪斯大踏步走在内维尔前面,心想,这人最后那句话可真恶心。

"真没想到,冰川原来离我们这样近。"埃迪斯感叹道。

"确实不远,"内维尔同意道,"不过,也不是所有的冰川都这样近。"

埃迪斯和内维尔此时正坐在一家露天餐厅里,头顶上是葡萄架,面前的桌上放着一瓶黄色的葡萄酒。刚过正午,两人坐在绿荫下,看着前方一小块空无一人的广场,在阳光下熠熠生辉。餐厅所在之处海拔很高,空气洁净得近乎冷酷,从这里望去,无须借助想象,就能望到悬挂在湖面上的轻纱似的薄雾,色调灰暗,悄然无痕地从明处向暗处渐渐滑去,看上去是那样温暖,又是那样柔和,仿佛把一切都披上了一层轻纱。在这高山上,天气是既炎热又寒冷,既明亮又昏暗:阳光下炎热,背阴处寒冷;向上攀登时光明一片,而坐在几乎空无一人的咖啡屋中时就昏昏暗暗。最后,内维尔问道:"还能向上再走会儿吗?"于是,两人继续攀登,路过一片梯田,田里种满果树,枝头上挂满金灿灿的果子。最后,两人终于到了山顶,埃迪斯觉得,这山可真高啊。其实,这不过是错觉,之所以会有这样的错觉,就是因为路过的那片果林。

这会儿,两人吃完了午饭,感到四下一片静谧。餐厅里只有他们这两位顾客,望着眼前没有几平方的空地和上面铺着的卵石,隐约能听到远方汽车的轰鸣声,从餐厅后面传来一阵音乐声,是收音机放出来的,信号不好,音质模糊、嘈杂。音乐声或许来自餐厅的厨房,也可能来自后面那间小小的客厅,老板闲下来就到那儿读读报纸,直到下一轮吃饭时间,小餐厅再度忙碌起来。

可谁又会到这儿来呢?普西太太母女、莫妮卡、博纳伊太太、老钢琴师,甚至可以说酒店本身,一日三餐两茶稳定可靠,这会儿,在埃迪斯心目中,简直像是在宇宙的另一头那样遥远。在湖边,自己性情温顺,处处小心翼翼,可到了这里,那个埃迪斯消失得无影无踪。随着海拔越来越高,空气越来越稀薄,自己的身体似乎不知不觉间发生了变化,新的物质结晶成形,令自己变得坚毅、明朗、决断、现实,不单能把快乐好好品味一番,更期待着快乐会如期而至。

"谁会上这儿来?"埃迪斯问道。

"像你我这样的人。"内维尔答道。

这个男人话不多,可出口的每句话似乎都经过了精挑细选,可谓字字铿锵,恰到好处。对于这种深思熟虑后的独白(许多人认为,唯有如此方能建立起理性话语),埃迪斯可谓早已习以为常。不仅如此,她也习惯于某人每隔一段时间就来一段,以显示自己的智慧,甚至是多才(她的小说中,好多人物不就是这样说话的吗?)。此刻,埃迪斯仰面靠在椅子背上,脸上挂着微笑,居然有人在用言语招待自己,可真是罕见啊。自己可是名作家,埃迪斯暗想,人们总是等着作家用言语招待别人,人们总是觉得,作家就要迎合读者的口味,满足读者的需求,既像中世纪王宫中溜须拍马的弄臣,又像侏儒小丑,还有点儿像耍把式卖艺的。可我们自己又如何?从来没有人想到,我们也需要满足。

内维尔注意到埃迪斯的脸色微微一变,于是说道:"想什么?说出来会好受些。"

"哦,你觉得那是真的吗?"埃迪斯问道,呼吸有点儿急促。"就算是真的,谁又能保证立即生效,就像那些药品小广告上说的,让你'药到病除'。谁也不敢保证。不过,时不时能看到这样的男人,穿得一丝不苟,一只手背在身后。"

内维尔只是微微一笑,没有说话。

"我想,真正起到作用的是承诺,"埃迪斯接着说下去,语气中已显出一丝不耐烦,"或者说,只不过是一个机会。自己都说了什么?自己都不记得了,你千万别介意。我的大部分人生在灰暗中度过,今天天可真好,还是不要谈那些不开心的事儿了。"埃迪斯的面容开朗了起来,继续说道:"今天可真开心。"

内维尔想,她看上去还真是一副开心的样子,她的脸上已不见了那种一贯的绵羊一样的表情,开始向别人索取认同和理解,专注中透露出一种贵族气质。她究竟为什么到这儿来?

埃迪斯开口问道:"你究竟为什么到这个地方来?"

内维尔微微一笑,反问道:"为什么我就不能来这儿?"

埃迪斯双手向上一翻,说道:"那家酒店一点儿也不适合你,好像永远是给女人留的,而且是某种特定类型的女人。惨遭抛弃,拿了钱走得远远的,要么就是做些只有女人才喜欢做的无聊事儿,比如说,在穿着打扮上大把撒钞票。那里谈话的气氛都不欢迎男人,你肯定闷得要死。"

"你呢?我以为,你到这儿来是为了完成一本小说。"

埃迪斯的脸上笼罩上了一层冰霜,说道:"一点儿不错。"说完,为自己又倒了一杯葡萄酒。

内维尔故意不去理睬埃迪斯的反应,接着说道:"我很喜欢这个地方,过去跟我老婆来过一次。这次我来日内瓦开会,反正也不赶着回去,就想着不妨来个故地重游,看看这里是不是还和过去一样。正好天气也好,就待了下来。"

"开会?请原谅,"埃迪斯问道,"是关于哪方面的会?"

"电子,我有家电子公司,规模还可以,业绩也非常好。实际上,公司现在几乎可以独立运行了,当然这一切还要感谢我那位能干的副手。我在公司的时间越来越少,当然,所有一切最终还是由我来拍板。反正现在可以多花点儿时间在农场上,那儿才是我真正的心愿所在。"

"农场在哪儿?"

"靠近马尔堡。"

"你妻子呢?"埃迪斯试探道,"她没跟你一起来吗?"

内维尔整了整衬衫的袖口,说道:"三年前,她跑了,跟一个比她年轻十岁的人跑了。大家都说这两人不会有好结果,可偏偏她自己开心得像朵花儿。"

"开心?"埃迪斯的语气有些犹豫。"真不可思议。哦,对不起,我不该这么说,你肯定觉得我很蠢。"她叹了一口气,接着说道:"恐怕,我也确实很蠢,还跟世界脱节。"内维尔没有作声,埃迪斯的心更加不安,继续说道:"人们把作家划分为两大类,一类生来睿智,另一类生来天真,仿佛根本没有踏足过真实的世界。我属于后一类。"说出真话后,埃迪斯的脸不禁一红。"就有点儿像那个阿维农的野小子。"埃迪斯的声音渐渐低下去。

内维尔又沉默了一小会儿,看着埃迪斯脸上的红晕在加深,说道:"你看上去不大开心。"

"不错,我觉得自己不大开心,"埃迪斯答道,"心情也很沮丧。"

"你有没有经常思考这个问题:什么叫开心?"内维尔问道。

"我无时无刻不在思考这个问题。"

"请允许我说,你错了。我敢说,你在恋爱。"内维尔说道,现在开始反击了。突然间,两人间的气氛紧张起来,这正中内维尔的下怀,紧张能让人忘记绝望。埃迪斯抬起眼睛,目光中闪烁着愤怒的光芒,可眼前的内维尔依旧面无表情,如一尊雕像。小餐厅的四周摆放着一圈花盆,里面种着天竺葵,一只蝴蝶飞来,停在一株天竺葵的叶子上,翅膀还在扇动着。这会儿,内维尔正聚精会神地望着那只蝴蝶。

又过了一会儿,内维尔又开了口,说道:"把幸福同某一种处境,或者某一个人混淆起来,这是大错特错。我已放下了一切,也发现了如何令自己得到满足的秘密。"

"那就请告诉我,"埃迪斯脆嘣嘣地说道,"我一直都想知道。"

"很简单,只要不在感情上做出巨大的投入,你就可以做你想做的一切,可以随心所欲地做决定、改主意、变计划,既无须焦躁,也无须等待。开心也好,无情也罢,总之想怎么样就怎么样。

要是有什么事儿打小就不让你做，现在就偏要试一下，不为别的，就为了满足自己，还有什么理由不开心呢？

"或许，应当说，完全开心。"

"埃迪斯，你是个追求浪漫的人，"内维尔微微一笑，说道，"我能叫你埃迪斯吗？"

埃迪斯点了点头，说道："为什么说我是个追求浪漫的人？就因为我对事物的看法与你不同？"

"因为你总是因为自己的喜好而误入歧途。你难道没意识到两个人之间根本就不存在什么彻底的和谐，哪怕他们嘴上把'爱你'说个一千一万遍也不管事儿。你难道没有意识到，一旦两人步调开始不一致，将有多少时间和心思被虚耗，又会陷入多少被神化了的痛苦之中？你难道没有看到，有时候，不，应当说任何时候，轻松愉快的心情都比深邃激烈的情感更为有效。"

"不，我看到了。"埃迪斯沉着脸说。

"既然看到了，亲爱的，就学会运用。你不知道，一旦你下定决心，把整个世界只留给自己，世界霎时间会变得多么灿烂；一旦你做到彻底自私，你的决定又将会何等合理。这世上，还有什么要比决定自己想做什么更容易吗？更确切地说，是决定自己不想做什么。一旦决定，就采取行动。"

"有些事情确实如此，"埃迪斯说道，"但也并非事事如此。"

"你必须学会把其他事儿统统抛到一边，在自己的小天地中，你可以取得更大的成就。你要学会以自己为中心，这可是经验之谈，一旦把自己摆在中心的位置上，你会拥有全新的生活。"

"要是你喜欢与别人分享自己的人生呢?"埃迪斯问道。"假定,你这个人一个人过活过烦了,就是想过过别人的人生,哪怕纯粹是图个新鲜。"

"谁也不能过别人的人生,只能过自己的,而且记住,无须顾忌。无论世人如何称颂无私奉献为善,又如何诋毁自私自利为恶,都完全没有切中要点。那套说教只能制造出奴隶,只能让人懦弱退缩。按我的说法去做,你会惊奇地发现,自己想要多少朋友就有多少。谁都喜欢跟道德水准低的人混在一起,道学先生只能让人敬而远之。"

埃迪斯点了点头,表示赞同他的观点。内维尔的这番言论暗藏危险,要是在海拔低一点儿的地方,自己无疑会驳斥上一通。可是,在这高山上,这番话似乎同桌上的美酒,灿烂的阳光,还有明净的空气甚是合拍。埃迪斯知道,这番话中有些地方错了,可此时此刻,她并不想找出究竟错在了哪儿。其实,真正打动埃迪斯的倒不是这番话,而是内维尔贯彻于言辞中的力量。此人辩才罕见,埃迪斯不禁暗暗称奇,自己先前居然还以为此人不善言辞。

"正因如此,我才欣赏普西太太,"内维尔又开了口,"看她既简单又贪心的样子,就让人精神为之一振。她也找到了满足自己的门道,看着真让人开心。你也看到了,普西太太的身体康健,精神旺盛,既没有利他主义来搅乱她的消化,也没有道德良知来打扰她的好梦,她生命中的每一分每一秒都是快乐的。"

"我同意,只是觉得,这样对詹妮弗是不是好,或者说,足够好。"埃迪斯说道。"在詹妮弗这岁数上,应该还有些别的事儿可做,而不光是整天把时间都花在买衣服上。"

"詹妮弗,"内维尔应声答道,脸上露出一贯的笑容,"这丫头跟她妈妈是一个模子刻出来的,对此我毫无疑问。"

埃迪斯靠在椅子背上,身子尽量向后仰,把脸朝向阳光,觉得头稍稍有点儿晕,不单是因为肚子里的酒,也因为这场辩论在脑子里勾起的种种念头。可以说,她的心已动了,原来自己也可以满足自己,只要自己愿意就行。作为异端邪说的发言人,这位内维尔先生可真是无懈可击。不过,埃迪斯也知道,内维尔的那一套理论中有一个缺陷;同样,他的感受能力中也有着缺陷。她直起身,开始反击。

"你鼓吹这种道德门槛低矮的人生,"埃迪斯说道,"你能把自己的心得传授给别人吗?"

内维尔脸上笑容的痕迹更深了,说道:"我敢说,我老婆就能。你是不是想说,我能不能忍受别人也过着这种道德门槛低矮的人生?是不是?"

埃迪斯点点头。

内维尔又浅酌了一口杯中的酒,说道:"我能理解他们,非常理解。"

答得好,埃迪斯暗自说道。不留一点儿空子。他知道我在想什么,也给了我一个答案,虽说不是什么满意的答案,却是大实话。也可以说,自有其高妙之处。看来,这位内维尔先生还真是位百里挑一的人物,一言一行无不气度不凡。望着内维尔手中的巴拿马草帽和身上的亚麻外套，埃迪斯想，这人还真会穿，说他英俊也不为过，那张脸带有十八世纪的古风，精雕细琢，沉默寡言，嘴唇厚实，肤色健康，两腮上长着一圈浅浅的胡子楂，微微显出淡蓝色。肯定没心肝，思维敏捷得吓人。倒也挺合适。哦，戴维，戴维。

内维尔注意到了埃迪斯脸上的细小变化，感到她对自己的兴趣越来越浓厚，就把身子倚在餐桌上，向埃迪斯这边靠过来，说道："埃迪斯，你要是觉得没有爱日子就过不下去，那就大错特错了。"

"不，我没错，"埃迪斯缓慢答道，"没有爱，我就是活不下去。别误会，我并不是说自己会患上怪病，日渐消瘦，形销骨立，只怕我的问题还要严重得多。我是想说，没有爱情，我就不能像模像样地活下去。要真有那一天，我恐怕会变得既不会思想、行动，也不会说话、写作，甚至连梦都要离我远去。失去爱情，也就失去了全部的力量，我会感到自己被逐出活生生的世界，变成冰冷的僵尸，我的内心会爆裂。在我心目中，所谓绝对幸福就是和煦的阳光下，整天坐在花园里，读读书，写写东西，内心坦然，因为我知道，自己爱的那个人晚上就会回来。每天晚上。"

"你这个人实在是太浪漫了。"内维尔一边说，一边笑了笑。

"大错特错的是你，"埃迪斯答道，"我这辈子，大部分时间都在听人对我说三道四。我追求的并不是什么浪漫，我只是个恋家的小女人，我可不会仰天长叹，奢望情感如决堤溃坝般奔流而出，奢望雄伟瑰奇的事情在自己面前上演，更不会为了爱情就放弃这世上的一切。这一切我不是不知道，也知道你为什么孤独。其实，我所追求的不过是日复一日过着平平淡淡的日子，傍晚时候，天高云淡，手挽手散散步，晚上打打牌，聊聊天，一起做做饭。"

"总算一吐为快了？"内维尔说道。埃迪斯瞟了内维尔一眼，目光中尽是厌恶。内维尔又说："这样好多了。"

埃迪斯说道："你肯定觉得这样很好玩，不用说，在斯文顿，一切井井有条，还是别的什么地方，反正是你……哦，对不起，我不该这么说，真是太无礼了。真可怕……"

内维尔为埃迪斯又倒满一杯葡萄酒。

"你是个好女人，"内维尔说道，"是人都能看得出。"

"为什么是人都能看得出？"埃迪斯问道。

"好女人都有一个特点：别人难受时，她们总觉得错在自己。坏女人从来不会为任何事儿，也不会为任何人感到愧疚。"

埃迪斯觉得自己的呼吸已有些粗重，不知自己是不是有点儿喝醉了，还是因为这番对话太过新奇。

"我想喝杯咖啡。"埃迪斯大声说道，觉得自己语气中不无点儿尼采式的直接。"不，不要咖啡了，还是来点儿茶吧，来壶浓茶。"

内维尔低头看了看手表，说道："好了，时间不早了，一会儿就要动身了，等你喝完茶。"

埃迪斯大口大口地猛喝着杯中的浓茶，一点儿没意识到刚才一番动脑，自己双颊的色彩更深了，双眼中的光彩也更盛了，头发也挣脱了一贯的束缚，蓬松地搭在后颈上。埃迪斯不耐烦地一挥手，除下最后一根发夹，五指深深插入头发中梳了一下，再任由它散落下来，遮住面庞。内维尔双唇微闭，看着她的一举一动，微微点点头。

"让我告诉你,你需要什么,埃迪斯。"内维尔说道。

够了,别再来了,埃迪斯想道。我不是已经告诉你了吗,我自己需要什么,难道我还不如你清楚?

看着埃迪斯机警地仰起头,内维尔说道:"我知道你在想什么。你肯定在想:我还不如你清楚?可你确实不如我清楚。对于爱,你并不需要更多,而是更少。爱给你带来什么好处?爱让你偷偷摸摸,藏头露尾,有时可能还要编瞎话骗人。"

埃迪斯点点头。

"爱把你送到了这家杜兰葛山庄,却是在旅游旺季已过,生意冷淡萧条的时候,跟一群女人坐在一起,整天谈来谈去不离穿着打扮,这就是你想要的吗?"

"不,不是。"埃迪斯答道。

"当然不是,"内维尔说道,"你是个聪明的女人,不会不知道自己真正想要什么。所谓平淡细微的家庭快乐,也就是你所说的打打牌、做做饭,过不了多久就会让你心烦了。"

"不会,永远不会。"埃迪斯答道。

"不错,你的浪漫气质或许一时能堵住那些哀怨的念头,不让它们漫出来,可最后获胜的还是那些念头。到那时,你会发现,自己的命运同所有的怨妇一样,没有什么区别。到那时,你就会到女权主义者那里寻找意义,就会除了女作家写的小说,其他的什么也不读……"

"我自己会写。"埃迪斯提醒道。

"不是一回事儿，"内维尔说道，"你只写爱情，永远不会写别的东西，直到有一天，你用更严苛的目光反观自己。"

埃迪斯感到自己背上的汗毛一根根竖了起来，同样的话她也曾对自己说过，还说过不止一次，可每次说完，还是能把那些话抛到脑后。现在，这番话来自另一个声音，包含权威，不容她争辩。这一刻，她仿佛听到了医生对自己说，你已患上不治之症，而之前，她还幻想，所有病痛都是子虚乌有，不过是出于自己的臆想。

"你不会想下半辈子都跟一群怨妇谈论生育问题吧。"内维尔接着说道。

"我倒觉得，自己连谈生育的资本都没有。"埃迪斯说道，发出一阵悲哀的笑声。

"时候一到，你也会为生孩子而哀怨。总而言之，我觉得，那些人的论调经不起仔细推敲。"

埃迪斯沉默了一会儿，问道："告诉我，你别是以心理咨询为副业吧，反正你那么空闲，主业的事儿都不大要你操心。"

"你需要的并不是爱，而是社会地位，是婚姻。"

"我知道。"埃迪斯答道。

"一旦结了婚，你就能像其他人一样火辣，以你的潜力而言，甚至可以做到有过之而无不及。"

"过奖了。"埃迪斯答道。

"到那时，你就会交游广阔，嘴里有着说不完的话，再也不用一个人等在电话旁。"

埃迪斯霍然起身，说道："有点儿冷了，还走不走？"

埃迪斯大踏步走在内维尔前面,心想,这人最后那句话可真恶心。他知道哪里是自己最柔软的地方,就在那里插上一刀。不错,我在家里写小说,别人自然随时都可能打电话来,要是自己出去了,谁知道会发生什么?突然间,埃迪斯思念起那样的孤独,就好像一个孩子,参加聚会疯过了头,早该有个做事周密谨慎的保姆带他回家了。

内维尔追上了埃迪斯,说道:"对不起,别这样了。我并不想窥探你的隐私,说实在的,对你也是一无所知。你是个优秀的女人,要是我冒犯了你,请原谅。"

"你就喜欢自讨苦吃。"埃迪斯语气轻松地说道。

内维尔微微晃了晃脑袋,说道:"我老婆也这样说过。"

"你怎么知道我的火辣潜力还没有发挥出来?你的话虽然婉转,却绝对是对我的轻薄。或许,没有摸女人屁股,或者性骚扰那样露骨,可这种话在许多女人耳中并不陌生。"

"要是你火辣的潜力全部发挥了出来,就不会拖着那件大羊毛衫走来走去了。"

埃迪斯加快脚步向前走去,一股怒火在腹中燃烧,可她必须控制住自己的怒火,因为她一个人找不到回湖边的路。她试了各种各样的降温措施,多年以来,她最熟悉,也最有效的一种就是把这一切想象成自己小说中的一幕。埃迪斯喃喃自语道:"夜幕悄悄降临,天际线上的太阳是个燃烧的火球……"可这次并不奏效。埃迪斯转过身,搜寻着内维尔的身影,竖起耳朵听着他的脚步声,他应该就在自己身后,可偏偏不在。刹那间,埃迪斯感到自己被孤零零地丢在这山坡之上,在刺骨的寒风中打着冷战,不由自主把双臂紧紧抱在胸前。

"我恨你。"埃迪斯大声喊道,心里的希望还没有完全破灭。

远处传来一阵脚踩碎石的声音,那是内维尔再度走近,他的面容渐渐清晰,埃迪斯看到,那张脸上挂着一贯的笑容,不过此刻,笑意仿佛更浓。

内维尔赶了上来,挽起埃迪斯的胳膊,说道:"你做得很好。"

两人谁也不说话,向山下走了约莫十分钟,埃迪斯先开了口:"知道吗?你的笑容看了有点儿让人不舒服。"

内维尔笑得更盛,答道:"等你对我的了解更深些,你就会知道,它有多让人不舒服。"

# 第八章

　　白天,埃迪斯还能撑撑门面,装装样子,可夜半更深时,她突然感到,这一切是多么无聊又无奈!或许,香槟、蛋糕,还有庆祝,这些已突破了她的心理防线,她的心灵对于种种不受欢迎的想法、念头已然是门户洞开。

最最亲爱的戴维：

　　重大消息！普西太太，就是那位女性魅力的巅峰，引领品味的旗手，无时无刻不在致力于把各式各样的奢侈品一网打尽，身边总是围着一群人，对她顶礼膜拜。知道她的真实年龄吗？差一岁就八十了！我之所以知道，因为前两天她办了场生日会，我们大家都收到了邀请。早几天我就瞧出了点儿端倪。那天，我刚出门，走上过道，就听到普西太太的房间中发出一阵惊喜的叫声，还有一股说不清是什么的香味破门而出，直冲到楼梯口。刚到酒店门口，我就看到一位小伙子钻出一辆车，手里还捧着一束鲜花，简直像是来接新娘的新郎官。当时我也没多想，可心里明白，没人会给博纳伊太太、莫妮卡或是我送花，剩下就只有普西太太母女了。当然，詹妮弗可能有个男朋友，肯定有，可我总觉得眼前这个捧鲜花的小伙子不是那么回事儿。詹妮弗是那种永远不肯离开妈妈半步的姑娘，这种姑娘我实在见过不少，彭尼洛佩也是一个，吃惊吧！她之所以迟迟不肯结婚，就是因为她觉得，自己结识的那些男人谁也不会通过她老妈挑剔的眼光。关于她那位老妈，我可听过不少，无论什么事儿，只要彭尼洛佩提到自己的老妈，就意味着就这样了，再无商量的余地。这么信任！不，应该说是虔诚！有时候我真羡慕她。真希望自己也有这样一位老妈，一开口就是锦绣良言，为我传下不可更改的金科玉律，可我那位可怜的老妈都做过什么呢？除了大吼大叫、冷嘲热讽，她还会做什么呢？可她毕竟是我可怜的老妈！长大以后，我也能体会到她的悲凉和困惑，还有她的孤独。她至死也想不通，为什么自己这一辈子这样曲折，走出这样一条轨迹？她传给我的恐怕就只有迷茫和困惑了。老妈对现实已经伤透了心，只有读爱情浪漫小说才能安慰自己，那种情节简单、结局美满的爱情小说。或许，正因为如此，我才会写这种小说。在她生命的最后几个月中，她卧床不起，整天穿着爸爸给她买的丝绸晨衣，还是两人当年到威尼斯度蜜月的时候买的，衣服上的带子已经断了，颜色也已经由浅蓝褪成灰白，她却不在意，也可能没有留意。衣服中似乎装满了梦想、渴望，还有幻灭，老妈生活在幻想之中，一辈子都没有改变，我却学会了现实。我始终把现实放在心头，挂在嘴边，可有时候，我还是怀疑，现实对于我是否比对于老妈更有用些。

离题有点儿远了。那天我出去了，晚上回来吃饭时，一切都揭晓了。自打上周末热闹了一下后，酒店又冷清了下来，只剩下屈指可数的几个客人，仿佛在默默地说，旅游季节已经到头了。但凡有点儿直觉的人都不会看不出，连那帮侍应也松懈了下来，有时站在一边交头接耳，说着悄悄话。莫妮卡把上来的第一道菜都喂了琪琪，一点儿也没藏着掖着，反正也没谁会在意。博纳伊太太吃得很快，下一道菜还没上来，上一道就已经一扫而空，然后就坐着，一言不发，不断用手抚平桌上的餐布。我的甜面包吃了四分之三，突然餐厅门口处传来一阵骚动，看到普西太太被胡伯先生推了进来，一边大笑，一边还扭扭捏捏。显然，今天是个不同寻常的日子，普西太太的餐桌上不单摆上了鲜花（就是早上我看到有人送来的那束），她那身打扮更是雍容华贵，让她身边的几个女人简直抬不起头。说真的，我觉得，普西太太还没有拿出自己压箱底的宝贝。她身穿一袭深蓝色的花边长裙，上身套了件外套，外套上缀满闪闪发光的金属片，一看就知道有多昂贵。脖子上挂着好几圈饰品，有珍珠链、金链，胸口挂着一块天青石链坠，真是光彩夺目。头发重新染过了，十指涂成粉红色，不得不说，这位太太那晚看上去美极了，带着一种巴洛克式的富丽堂皇。可以说，普西太太那晚超出周围人太多，也可以说，我们这些周围的人差她太远，一点儿也配不上她。答案已在眼前，就要揭晓，一旦揭晓，整个晚上所有人都要围着她转了。这当然合了普西太太的心意，大家也多少看出了点儿意思，有了某种共识，只不过没人说出来罢了。几名侍应飞快地冲到普西太太的桌边，有的为她拉出椅子，有的为她翻开菜单，还有的为她斟上一杯香槟。博纳伊太太望着这一切，面无表情，莫妮卡则两眼望着天。

要知道，我们大家谁都没有一点儿准备，正是一星期不上不下的时候，大家难免有些懒散，穿得也比较普通，打算把最好的衣服留到星期五穿，次好的衣服留到星期六穿，星期天不妨低调点儿，但也不能失礼于人。那晚，我穿了条绿色长裙，就是你一直讨厌的那条，好在你不在身边，不会说多讨厌这条裙子。普西太太到了没几分钟，我就明白了你为什么讨厌那条裙子，当时就打定了主意，以后再也不穿它了。莫妮卡觉得特别憋屈，她从来都是个大美人儿，可那天晚上偏偏要藏起自己的美貌。或许，她身上的黑色长裙令她看上去太瘦弱，也太苍白。她眉骨本就高，皮肤又白，再涂上那么深的眼影，让人感觉她已病入膏肓，命不久矣。博纳伊太太也穿了条黑色长裙，不过她天天都穿成黑色，我猜她有两条，至多三条黑色长裙，每晚穿一条，既看不出年龄、体型、时代，更无时尚可言。很难向你仔细描述这些长裙，因为根本就没什么值得描述的。不过，我要说，老太太从来看上去都是一丝不苟，看上去就是她这个年纪的女人该有的样子。其实，莫妮卡和我又何尝不是如此？

这些思绪渐渐后退，我意识到詹妮弗也下了番功夫。莫妮卡冲我做了个鬼脸，含义太丰富了，我才想起朝詹妮弗的方向看上一眼，所看到的可真是开了眼。请原谅，刚才这句话说得可真俗。为了庆祝妈妈的生日，詹妮弗下身穿了一条粉红色的扎脚裤，上身，用时装界的话说，搭了件露肩套头衫。她也新做了头发，美发师傅的手艺很好，金黄色的大波浪卷发光彩熠熠，一扫她往日不拘小节的形象，头发向后梳，挽成一个发髻，只在两耳边各留下一丝垂髫，晃来晃去。过去，我还真没留意，詹妮弗原来如此丰满，母女俩都是，不过两人的举止都很优美，很少有谁会去注意她俩的体型。总而言之，这母女俩可真绝了，或许有点儿古怪，之所以给人这样的感觉，是因为我们大家都已失色于她俩的光彩之中。一想到这母女俩为了今晚的闪亮登场所做的准备，我不禁有点儿头晕目眩，更不要说她俩还在外出度假，这里几乎没有谁会在意她俩的穿着打扮。当然有我们，可我们也算不上什么正式的宾客。试问，我们中谁接到了正式邀请，手持请柬，步入这春色满室的餐厅之中呢？有那么一会儿，大家都这样想，令那晚的辉煌暗淡了少许。

我觉得普西太太有点儿可怜，既有点儿同情她，又觉得她可怕，玩儿起这种把戏，她肯定是行家里手。香槟酒送到了博纳伊太太、莫妮卡，还有我面前，于是大家一起举杯，祝普西太太身体健康，免不了一番觥筹交错，领首示敬，人人都挤出一副笑脸，大部分都冲着普西太太投去。莫妮卡和博纳伊太太面对这种场合可要比我沉着冷静得多，不慌不忙地喝着杯中的酒，博纳伊太太还缓缓举起手中的酒杯，然后一饮而尽。就在大家都觉得欢宴已近尾声，心意也已经表达时，阿兰和另一个穿白马甲的侍应推着个餐车走了进来，餐车上稳稳放着一只精美绝伦的生日蛋糕，连博纳伊太太的眼睛都看得有点儿直了。

那一会儿，胡伯先生脸上的表情真可以说是酒不醉人人自醉。普西太太放声大笑，把脸藏在手中，甚至还掏出一条精美的花边手绢儿，擦了擦眼角。侍应给普西太太的杯中又斟满香槟，詹妮弗在一旁很是在行地指点着，这块蛋糕给谁，那块蛋糕又给谁，侍应们走到大家的餐桌前，在桌面上放下装满奶油巧克力的盘子。蛋糕又香又甜。这一次，大家举起的不是酒杯，而是叉子。

不用说，吃完晚饭也不能把普西太太一个人扔下，在我的记忆中，所有住客第一次聚到了沙龙中喝咖啡。气氛并非完全融洽，可普西太太似乎并不是太在意，沙龙里一片通明，她嘴上唇膏的色彩反而显得黯淡了些。博纳伊太太什么也听不见，可她已经习惯于尽到自己的义务，或者说按照别人的意思去做。这次老太太也十分配合，不时向普西太太的方向投去笑容，或者向詹妮弗微微点头示意。那一刻，我突然觉得，这位老太太真可谓气质高贵，想想看，她一个人出门在外，也没有任何值得庆祝的理由。我觉得，老太太一点儿也不懂这一套虚与委蛇的小把戏。莫妮卡这次也显得十分热情，倒是大大出乎我的预料，只不过她觉得没人注意时，还是会向我眨眨眼。我看出来了，只要她愿意，这种社交把戏她一样可以玩得出类拔萃，虽然她说的每句话听起来都有那么点儿讽刺的味道。有时候，她调笑过了头，我注意到，詹妮弗用空洞的眼神紧紧盯着她。不过，真正引起莫妮卡兴趣的是普西太太的穿着（与我的预料一致），没多久，两人就几乎以姐妹相称了，显得分外亲密，交换着一个个裁缝的姓名和地址。两人找过同一个裁缝，不过当时两人并没有意识到，因为普西太太称那人为"小女人"，而莫妮卡则称那人为"我的老朋友"。一时间，两人似乎言归于好，忙着交换横跨欧洲大地的各个品牌名称：古驰和爱马仕，香奈儿和琼·缪尔，白宫和老英伦，这些也不过是为数不多的我知道的品牌罢了。这时，博纳伊太太或许觉得，自己已经满足了别人的期望，站起身来，向普西太太举了举叉子，表示道别，一摇一晃地走出沙龙。"可怜的老家伙。"普西太太说道，声音有点儿大，当然，博纳伊太太什么也听不到。

剩下的人谁也没走，其实到这个时候，大家本该散伙了。你知道，要是所有的关注都给了某一个人，要把场面维持下去该有多难。我再次注意到，普西太太母女俩不愿与别人分享，真是对怪人。看上去，这母女俩兴高采烈，其乐融融，可在这背后却能发现某种根深蒂固的东西，根本不容你有商量的余地，似乎这母女俩就没法儿认真对待任何人，除了她们自己。似乎她俩觉得，只要不是普西家族的一员，人生就可哀可叹。如此一来，所有人都成了她俩哀叹垂怜的对象。有时候，我不禁好奇，詹妮弗能嫁出去吗？哪个人又能有如此之幸运，获得这位大小姐的垂青，成为普西家族的一员？怎么才能找到这位幸运儿？看来，此人非得有无可挑剔的优越条件不可，财产至少要与这母女俩相若，当然，越多越好；生活品味嘛，自然要高昂又不失分寸；宅邸嘛，自然要优美，堪称理想。除此之外，还要有点儿普西太太所说的"地位"，如此方才完满。这些是首先要考虑的东西，至于相貌嘛，倒在其次，以貌取人会令人误入歧途，做出鲁莽的决定。不过，我觉得，能被这母女俩相中，那人的相貌也不会差到哪儿去，但可能没有什么男子气概，应该是在女人面前很是殷勤，虽然岁数可能大点儿，可绝对有耐心，绝对好脾气。这些都是必需的。要想让普西太太放下警觉，就必须投入大量的时间，跟她泡在一起，不，应当说，跟她们母女俩泡在一起。实际上，我能预见，就算结了婚，嫁了人，詹妮弗的生活不过是现在生活的延伸，不会有什么大变化。要说有什么变化，也不过就是多个人罢了。婚礼是唯一的仪式，而这也仅仅意味着买更多漂亮衣服，至于其真正含义，恐怕早被忘到九霄云外去了。那个男人，也就是詹妮弗未来的丈夫，将要站在母女俩之间，与两人的距离恰好相等,一分不多,一分不少,无论哪边传来呼声,都要立即行动。很可能,那人会成为一名宅男,可到头来,他还是无法成为普西家族的一员。毕竟,就算没有这个人,母女俩过得不也很开心吗?高水准的生活不正是限于母女俩自己吗?这个人又有什么权利,提出意见,做出改变呢?

我感觉,普西太太永远不会死。有些人活着的时候就笼罩在死亡的阴影之下,失去了希望、乐趣,也没有生机活力。他们感到,自己生存的意义分分秒秒在流逝,自己从没能满足内心的欲望,甚至连欲望都没有了;在挫折面前,他们早已举手投降。只要看着这类人的眼睛,他们的人生就已经盖棺定论,那是可悲又可怕的定论:这辈子算是白活了,现在什么都晚了。可普西太太呢,她美丽端庄,尽情追求物质享受,根本就容不得这样的看法或者说念头近身半步。这位太太已经把人生中许多美丽的东西握在手中,根本就不打算松手,又何必松手?从一开始,她就已经学会了只有幸运儿方能学会的东西:好东西要靠自己去争取,而且数量有限,过时不候。我们大家实在应该为她鼓掌叫好,若是有谁对她心存不满,那也不是别的,不过是酸葡萄心理罢了。

"今天是你生日。"莫妮卡大声叫道。显然,这女人脑子中正闪过一连串与我相同的念头。"是多少岁生日,让我猜猜看。"

普西太太想把莫妮卡最后那句话搪塞过去。实际上，这会儿我才想起来，她可能有点儿耳背。肯定有点儿耳背，现在回想起来，她一个人侃侃而谈的样子，我几乎可以肯定。别人的话她一个字也听不进去，搁谁也会有些看法。或许，像她这样爱慕虚荣的人，耳背了又不肯承认，都是这副样子。"亲爱的，"普西太太对詹妮弗说，"去把菲利普叫来，跟我们他用不着客套。"听到这句话，詹妮弗的脸上泛起了红霞，却又看不出什么表情，向内维尔坐的地方走去。刚才大家庆祝的时候，内维尔一直躲在一边，可现在也不得不放弃原来的安排，和我们坐到一起。

莫妮卡不肯轻易放过普西太太，说道："别打岔，说吧。"她的语气有点儿调皮，似乎不想为这个而起争执。"我敢打赌，你肯定不敢承认，自己已经六十岁了，是不是？嗯，看上去也不像。"

普西太太大笑一声，说道："年龄是相对的。你觉得自己多大，自己就有多大，有时候我觉得自己还是个小姑娘。"普西太太语音渐低，仿佛陷入沉思之中，在我们这些旁观者眼中，她仿佛刚刚成人，看着世界馈赠给她的奇珍异宝，眼中闪烁着痴迷的目光，脚步却仍在踟蹰。

"可你都生了詹妮弗了。"莫妮卡说道，语气有点儿不那么友好，至少我是这样觉得，想来詹妮弗也这样觉得，又用那种空洞的眼神盯着莫妮卡，这种眼神令她看起来比什么还要苍老，那是什么来着，一时想不起来了。或许，香槟让我感到困乏,突然浑身一惊,感到眼前的一切都不过是一场游戏,一切都是伪装,根本就是一出化妆酒会,谁的嘴里都没有半句真话。我想你,戴维,非常,非常想你。可你偏偏不在身边,身边只有那个内维尔,很是怡然自得,应该说,这位先生对于一切离奇古怪的东西都是大行家,在声色犬马方面更是高手。

普西太太刚刚还很有派头,突然间看上去很是苍老。内维尔在一旁又是讨好,又是吹捧,闹了足足好一阵子,最后,普西太太终于招架不住,透露了自己的秘密:今天她刚满七十九岁。大家都惊呆了,心里都开始算计,谁都知道别人心里的想法。如果今天是普西太太七十九岁生日,那詹妮弗就应该和我一般大,还有莫妮卡。确实如此,詹妮弗和我同龄,都是三十九岁,虽然她那副圆滚滚的身材,再配上空洞洞的表情,使她看上去不超过十四岁。现在回想起来,詹妮弗脸上那挥之不去的表情不正是青春期的少男少女们特有的表情吗?她那张脸上还能看到青春期少女的某些特征,而另一些特征却完全不见踪迹。无论是见,还是不见,都令人感到惴惴不安。要不是她整天一副剩女的样子,她的奢靡也是足够惊人的了。这女人看上去满脸天真无邪,浑身上下生机勃勃,同她相比,我简直觉得自己是她的阿姨。

这时,普西太太在万分殷勤的内维尔的连哄带骗之下,终于说出了自己的一段隐私:刚结婚那几年,她曾生活于不育的阴影之中。也不知怎么,夫妻俩就是没有孩子。说到这儿,普西太太从手提包中取出一条雪白的手绢儿,一扬手把手绢儿扬开,轻轻擦拭了下嘴角。"无论我们俩怎样努力,就是不开花结果。"普西太太轻叹一声,仿佛又回到了那段恼人的岁月。这句话一出,空气似乎凝重了起来,莫妮卡的脸上仿佛罩上了一层秋霜,我真希望自己刚才和博纳伊太太一道走了。经过十二年的艰苦卓绝和无私奉献,普西太太的努力终于得到了回报,于是有了詹妮弗。

"我丈夫一直想要个小女孩。"说到这儿,普西太太的脸转向詹妮弗,詹妮弗也如她所愿,向她报以微微一笑,一边深情地伸出手。普西太太受到鼓励,于是继续向我们唠叨起詹妮弗小时候的桩桩趣闻逸事,不用说,无论小姑娘做了什么,都合爸妈的心意,不过小姑娘也给娇纵坏了。"要是你也等了这么久,那你也会要什么就给什么,是不是?只要她一掉眼泪,我丈夫就受不了,他总是对我说,艾瑞斯,咱们女儿什么都要最好的,我给你开张空白支票。好在虽然打小就娇生惯养,我女儿一样很出色,是不是,亲爱的?"说到这儿,母女俩再一次交换眼神,伸出手臂。确实,只要看看詹妮弗那健康光洁的皮肤,就知道她父母当年的付出已得到了十分的回报。或许,出于某些不为人知的原因,还应当再恭喜普西太太一次。戴维,告诉你另一件事,詹妮弗小时候有匹小马驹,叫"小枝子"。接下来,普西太太把说了无数次的陈词滥调又翻出来重复一次:黑斯尔米尔、总部、她什么都不用操心。

写到这儿,埃迪斯放下手中的笔,看来这封信今晚写不完了,有些地方可能需要修改润色一番,某些不那么健康的东西似乎已经悄然潜入她的叙述之中。埃迪斯意识到,自己的叙述早已非"简述"二字所能涵盖。"简述"又是为了什么?无非是逗人开心、放心、顺心,这就是自己的作用,也就是自己孜孜以求的目标。可不知怎么,有些东西不大对劲儿,似乎超出了自己的控制。自己原本不过想练练笔,娱乐一下,此时此地不正是练笔的绝好时机吗?可不知怎么,就变成了反省和批评,字里行间不乏苦涩的味道。戴维过去常常坐在她家的沙发上,伸长胳膊,把她搂入怀中,问道:"亲爱的,那个什么电视剧来着,对,《克兰弗德》,有什么新发展?"那时,埃迪斯就会把自己细致入微的观察一桩桩、一件件摆在他眼前,当然,要加以精心安排,看着笑容渐渐浮现在戴维清瘦的脸上,抹平疲惫的痕迹。在戴维眼中,她就是这样一个人,出于对他的爱,自己也要做好这样一个人。

可现在,埃迪斯觉得有点儿心神不宁,或许是肚子里的香槟闹的。除了肉体和精神上的疲惫外,埃迪斯实在也找不出什么理由。当然,这晚大家坐在一起的时间比平时长了许多,不知不觉,莫妮卡向普西太太讲起了自己的故事。普西太太听得津津有味,可脸上偏偏摆出一副既高高在上,又关心备至的神情。想开小差?

没门儿。詹妮弗穿着宽松轻便的灯笼裤,干脆把一只脚跷到膝头上,还摆出一副过期的天真,可心思早已不知飘到哪儿去了。她仰身靠在椅背上,手里玩弄着额头垂下的发卷,眼睑半合,目光却聚集在面前的众人身上,唇齿间渗出一丝唾液,被灯光照得闪闪发亮。埃迪斯觉得自己就要打哈欠了,又硬生生吞下去,她注意到,甚至连内维尔都开始有点神不守舍了,不过他说起话来还是一贯地彬彬有礼,倒也没有露出什么马脚。

直到半夜,大伙儿还没散。莫妮卡一旦开了口,谁也别想叫她打住,烟抽起来一根接一根。其实,普西太太也没什么锦囊妙计,虽然她当年也经历过类似的煎熬,可最后她毕竟挺过来了,育有一女。今时今日,她也只能搬出一些不知已说了多少遍的老话来安慰一下莫妮卡,至于莫妮卡能听进去多少就实在令人怀疑了。莫妮卡的脸上又浮现出常有的愤懑,看来,这晚的聚会临到结束时,气氛反倒不如开始时融洽了。有那么一会儿,大伙儿好像还能撑下去,至少琪琪不在,又犯了错,被阿兰锁到盥洗室去了。胡伯先生自诩为当晚庆祝活动的司仪,却对自己的表现不大满意。不过,他也一直守在楼下,期待着主客对他说上几句感谢的话,却一直没有等到。大家似乎都倦了,场面再也撑不下去了,最后,内维尔向普西太太伸出自己的胳膊,普西太太挽住内维尔的胳膊,仿佛长长出了一口气。这一次,她从椅子上站起来花的时间比平时长点儿,可最后还是站直了身,倚在内维尔身上,两人一起走了出去。剩下的残局就由詹妮弗来收拾了。

埃迪斯回到自己房间门口,打开门走了进去,随手关上门,感到情绪相当低落。她想找出原因,似乎同今晚的生日会,以及生日会上自己的种种念头有着密切的关系。是不是自己对于庆祝这种事儿早已生疏?无论是普西太太的生日会,还是想象中詹妮弗的婚礼,都是那样有声有色,自己的记忆中又有什么能与之媲美?小时候,每逢生日,都是埃迪斯自己做蛋糕,爸爸不过是把蛋糕端上来,外加一杯咖啡,就算庆祝了。那一刻总是很短暂,埃迪斯怯生生地迈着步子,去试探她想象中的家庭生活。那时候,妈妈总是会想起自己年轻时家里开的那间小小的咖啡屋,总会绘声绘色地讲起那时的故事,可突然之间就会悲从中来,不可断绝。通常到了那时候,咖啡也喝光了,盘子里的蛋糕也只剩下了残渣碎屑,接下来就该埃迪斯把杯碟端进厨房了,也宣布她的生日到此结束。至于结婚,更是提也没人提过。

真是怪事儿,回到安静幽暗的房中,埃迪斯反倒觉得疲倦在消退,心底感到一丝不安(给戴维写信那会儿,她就已经有所感觉),开始躁动,愈来愈剧烈,直到占据了她的整个心灵。夜已深,埃迪斯感到心狂跳不已,什么理性,什么自制,统统碎成碎片,各种念头从阴暗的角落和危险的浅滩一齐涌来。这种虚假的日子,真不知道意义何在,根本就是别人强加给她的,口口声声说是为了她好,可又有谁真正了解,什么才是真正对她好?白天,埃迪斯还能撑撑门面,装装样子,可夜半更深时,她突然感到,这一切是多么无聊又无奈!或许,香槟、蛋糕,还有庆祝,这些已突破了她的心理防线,她的心灵对于种种不受欢迎的想法、念头已然是门户洞开。霎时间,她的苦心孤诣都成了笑话,欢愉已然远逝,埃迪斯感到自己又被打回原形，沉入痛苦的反思之中，什么都要解释一番。她觉得，既然自己听从了别人的建议，踏上了这段旅程，就该把自己打扫得干干净净，再好好粉刷一番，回去时焕然一新，重新投入生活。埃迪斯还清晰记得，那一天，爸爸一边撕碎书桌上的纸，一边说："我这是在大扫除。"爸爸笑了笑，可眼神里满是悲哀，他知道，自此以后，一切将再也不同了。住进医院以前，爸爸安慰妈妈说，不过是段小插曲，很快就会结束，可他自己知道，事实并非如此。自打那以后，爸爸再也没有回到家中。或许，我也回不去了，埃迪斯默默地想着，感到痛苦如一只大手，把她的心都掰碎了。痛苦背后是强烈的不安，令她如坐针毡，这种不安的感觉也并不陌生，每当她看着自己的小说走向结局，走向一幕幕伤心境地，自己却无能为力时，这种不安的感觉就会袭上心头。

　　孤坐无语，埃迪斯垂下头，往事一幕幕在脑海中回放。自己究竟为了什么，在这个萧条冷清的季节，孤身一人来到这座瑞士小城，住进这家酒店？

# 第九章

  戴维到了,什么也没说,只是把她拥入怀中。最后,他总算把埃迪斯放开,可还是执着她的双手,眼睛紧紧盯着她的面庞。戴维的脸上既有紧张,又有疲惫,埃迪斯知道,都是自己造成的;除此之外,还有点儿别的。

结婚那天,埃迪斯醒得比平时都早。窗外阳光猛烈,白晃晃一片,照得人神经都刺痛。阳光中似乎隐藏着惊奇与不欢,远非她所期待的那种成熟柔和的光线。这种天气,自己又突然从梦中惊醒,实在不是什么好兆头。可昭示了什么呢?埃迪斯既说不出,更无法细想。走过梳妆台时,埃迪斯在镜子中看见了自己的样子,吓了一跳,自己怎么这么苍白,这么憔悴?眼下,这才是最重要的。自己已不再年轻了,埃迪斯想到,这是最后的机会。彭尼洛佩说得对,自己早该扔掉与生俱来的幻想,去面对现实了。内心最渴望的根本得不到,又怎么可能得到?现在已经迟了,好在女人在所谓"成熟"之后,还是有不少安慰:有个人同你相伴、相知,相互慰藉,也终于能像模像样地去度个假了。未来合乎情理,自己更是个通情达理的女性。

乔弗里·朗,就是不久前那次聚会上坐在埃迪斯旁边的那位先生,自打他母亲去世后就一直孤身一人。还有谁比他更适合做自己的保护人,为自己带来安全、切合实际的未来呢?埃迪斯觉得,唯有真正心思纯正、了无邪念的人,在追求女性时才能既坦率直白,又丝毫不有悖于传统。人人都对乔弗里赞不绝口,尤其是彭尼洛佩,最后连埃迪斯自己也心动了,为他的忠心,他的慷慨,他送不完的鲜花，他的关怀备至，还有他母亲留下的那枚色泽暗淡的琥珀戒指所打动。乔弗里说，会给埃迪斯一个全新的生活，搬进一个新家，结交新朋友，甚至会在乡下买一幢房子，还有各式各样埃迪斯做梦也未曾想过的奢侈品。乔弗里这个人颇有迷人之处，虽说思想老套了一点，比如说，他颇不赞同已婚女性工作，还曾拿埃迪斯开玩笑，说她把太多时间耗费在写小说上了。他追求起来开门见山，直奔主题，却也不失温柔可人之处，甚至给人一种诙谐的感觉。人人都说，他对自己的妈妈是多么孝顺，要是能嫁给他有多幸运。人人都说，埃迪斯真是个幸运儿，彭尼洛佩这样说时更带点儿不服气的口吻，仿佛在暗示，其实自己才是这位先生的最好选择。人人都说，埃迪斯的前途一片光明，也没有必要否认，她确实很幸运。我是个幸运儿，埃迪斯望着梳妆镜中自己那张耷拉着的脸，暗暗提醒自己。

埃迪斯煮了一壶很浓的茶，等茶煮开的时候，她打开厨房门，看看外面的花园。屋外刮起一阵微风，东游西荡，卷起一股尘土，围着埃迪斯的脚打转。门一会儿被吹开，一会儿又被吹合；屋内也一会儿明，一会儿暗，仿佛有云从天空中飘过，给人一种一切都将完结的感觉，其实天空中连一丝云彩都没有。这幢小小的房子，这么多年来都是自己的私人地方，就像是蜗牛的壳，自己躲在里面写小说，睡觉。悄无声息的午后，窗外阳光灿烂，四下鸦雀无声，直到放学归家的学童们走进别家的大门。那些静悄悄的午后，猛烈的阳光照在埃迪斯身后的窗户上，她的十指在键盘上上下翻飞，仿佛有生命的精灵。每当背后的阳光渐渐转弱，埃迪斯就会感到疲倦之感悄然袭来，这时，她的心神终于从工作中摆脱出来，感到背和肩有点儿酸痛，头发有点儿乱了，手指也有点儿脏了，此时也正是学童们从学校归来，推开各家大门之时。此时，厌恶之感自埃迪斯的心头油然而生，仿佛自己刚刚纵情狂欢了一阵子。于是，她走出房间，走进厨房，在炉子上煮上一壶茶，然后打开后门，一面等着茶开，一面闻一闻花圃中一如既往的芳香。茶一开，埃迪斯就会把整壶茶端到盥洗室里，盥洗室很小，四壁贴着白瓷砖。埃迪斯脱下工作时穿的棉布便服，挂在墙上，拧开水龙头，冲走一身的疲乏。似乎只有穿着朴素的衣服，工作起来才能安心。埃迪斯的卧室很阴凉，只有早上才能晒到阳光，这时，她会在卧室里好好梳妆打扮一番（多年前，她也学过如何梳头，如何卷发），一双手纯熟地把头发盘好，在镜子中仔细端详自己一番，确定自己能够见得人了，然后下楼，为自己再倒上一杯茶，终于做好了准备，打开前门，走进花园。

自己会想念这个花园，埃迪斯想到，其实，在伺候花草方面她并不在行。实际上，花园里的大部分活计都是鲜蔬店老板的儿子帮她做的，那孩子沉默寡言，一张脸白得吓人，言语上节省下的力气被他一股脑都倾注到花草之上。照顾起花草来，他是那样投入，又是那样不离不弃。那孩子一个星期来三次，埃迪斯也曾试过吊起那孩子的胃口，他那张惨白的脸实在令她揪心。其实，那孩子只要一个奶酪面包卷，外加一瓶啤酒就心满意足了，不过，他还是会大口大口吞下埃迪斯为他准备的美味小点心，他能感觉到，这对于埃迪斯来说很重要。走的时候，他会向楼上大声喊："我走了,星期天再来。""好的,特里,"埃迪斯也喊道,"钱就摆在柜头上了。"对于这两个人来说,钱完全是另外一码事儿,要想打理好一个家,靠的是爱心,钱与此丝毫沾不上边。两人都为这个家做了付出,只不过方式不同罢了。

只有在清晨以及傍晚时分,这个小小的花园才真正属于埃迪斯自己。做完一天的工作,埃迪斯只想静静地坐在花园里那张铸铁长凳上。那张长凳是乔弗里送的礼物,坐在上面可真不舒服。一次,乔弗里看到了埃迪斯花园中那张旧柳条椅,忍不住哈哈大笑,那椅子四处都开了口,人一坐上去就"吱呀"作响,摇摇欲坠。坐在长凳上,埃迪斯看着一轮红日落到篱笆墙的下面,闻着空气中愈发浓郁的芬芳,真是心旷神怡。每到这个时候,邻居家那个孩子就会跑过来,看埃迪斯在不在(其实,她又有什么时候不在),然后从篱笆间的缝隙挤进来,对她说"晚上好"。那孩子长得可真漂亮,简直让人为之心醉,可老天偏偏让她患上口吃的恶疾,在孩子的幸福童真上投下一道阴影。每说出一个字,孩子都要挣扎一会儿,浑身都在颤抖,仿佛要把一个个重若铁石的词吐出来。埃迪斯脸上挂着微笑,不住点着头,仿佛明白了孩子说的每个字,还会把手放在孩子上下跳动的头顶上,让她安静下来,在她耳边轻轻说:"晚安!小宝贝,睡个好觉!"说完,埃迪斯轻轻吻下孩子平静下来的面颊,叫她回家,上床睡觉。

晚上就没多大意思了。去彭尼洛佩家坐上一小会儿,听听她一天的经历;随便填饱肚子,这是中午特里吃剩的东西,给花草浇浇水;虽然时间还很早,可也要上床了。有时,埃迪斯上床时,天还没有全黑，对着落日的余晖，埃迪斯百看不厌。此时，她会放下手中的书，目光注视窗外，注视着天空中分分秒秒都在变幻的色彩，直到色彩渐渐淡去，最后归于一片无差别的黑沉，一直到该睡觉的时候。埃迪斯的床不大，很朴素，漆成白色。乔弗里是个壮实的男人，不止一次对这张床发过牢骚，不过也没什么恶意，他一向如此。彭尼洛佩对这张床也颇有看法，她自己那张大床能躺下四个成人，没人睡时，床上堆满了各式各样、小巧精美的枕头，似乎在向全世界宣告："我是个女人味儿十足的人。"埃迪斯暗想，有些女人自己动手搭起祭坛，这样做也没错。可我能做到吗？值得怀疑。

不管怎样，新房里已放好了新婚喜床，新房在蒙塔古广场，就是乔弗里过去和他妈妈一起住的房子。过不了多久，埃迪斯就要到那间喜气洋洋的新房中入住了。埃迪斯觉得，新房里的色彩浓艳得有点儿过了头，倒都是她自己挑的，可不幸的是，她在挑选时找了彭尼洛佩帮忙。彭尼洛佩带着埃迪斯扫荡了一连串的百货商场，一面熟门熟路地带着她买这买那，一面向她传授讨男人欢心的独门秘诀。"光心肠好可不行，"这句话彭尼洛佩已经说了好几次，"男人可不会安分守己地守在家里，你必须看清他们的需要。"商场里空气窒息，埃迪斯感到一阵头晕，心里也不大好受，因为她对这一切提不起一点儿兴趣，全是彭尼洛佩在拖着她跑东跑西，倒好像要结婚的是彭尼洛佩而不是她自己。最后，埃迪斯屈服了，既向彭尼洛佩，也向那个可怜的售货员，那家伙的脸色已经不大好看了，午饭时间早已经过了。她选了一床万寿菊图案的床罩，毛巾也是万寿菊花色，可不便宜，刚好配浴室中的深绿色大理石。还买了几床毯子，外面罩着肉桂色锦缎。都是好东西，可埃迪斯觉得它们太吸光了，色调太沉重了，很难想象自己辛苦一天后，在这样的卧室中能好好休息一番。床很豪华，四角立着实木柱子，可在这种床上自己还能打个盹儿，睡会儿觉吗？埃迪斯早已留意到，孩子在蒙塔古广场很稀少，附近也没有公园，一天的写作结束后，她的生活同以往将完全不同。可话又说回来，她也不会写小说了，或许以后再也不写了，她的日子同其他女人将再没有什么两样：买买东西，做做饭菜，准备准备饭局，午饭时和朋友见上一面。想想看身边自己那些熟人，常常请自己去家里吃顿饭，参加个聚会什么的，对自己可好了。可自己呢？从没搞过什么聚会，最多也就是请别人来自家花园里坐会儿。那一天，埃迪斯惴惴不安地望着自己未来新家中那崭新宽敞的厨房，默默对自己说，看来我真没做好女人，身边的人肯定把自己看成小丫头。是时候改变改变了。

一切已经变了，没人受伤，相反，大家都很高兴。戴维取笑她，说她近来总是神不守舍，肯定是看上别人了。埃迪斯一直不敢打破两人间无言的契约，虽然心里有话，却一直不敢说出来。时机一过，永不再来。有一天，埃迪斯和彭尼洛佩去参加一个私人展览，与戴维不期而遇，四下无人时，戴维捉住埃迪斯的手，不停地抚摸。埃迪斯一声不出，只是把戴维的拇指引到自己的中指之上，让他摸到乔弗里戴在她中指上的那枚戒指，他妈妈留下的那枚不好看的戒指。戴维顿时人僵硬起来，什么也没说，又能说什么呢？两人并没有海誓山盟。那天晚上，两人最后一次幽会，戴维把脸紧紧贴在埃迪斯的脖子上，低声说："你是认真的吗？"埃迪斯是认真的，戴维有时离开的时间实在太长，况且，他也没有阻拦埃迪斯的意思。一个月后，到了埃迪斯结婚的日子，那天早上，埃迪斯站在自己的厨房里，脑子里想着还没有来得及向戴维说出的事儿。

前门传来钥匙转动的声音，把埃迪斯吓了一跳。

原来是隔三差五来打扫卫生的邓普斯特太太，这位太太两颊绯红，头上盘着高高的发髻，总是一副明于事理、热心肠的样子。邓普斯特太太吃惊地望着埃迪斯，问道："还没打扮好啊？至少也要洗个澡吧！"

"为什么？现在几点？"埃迪斯问道。

"十点了。"邓普斯特太太一字一顿地说道，仿佛站在对面的是个小朋友。"都十点了，十二点就要成礼了，没忘了吧？看来，你也不记得我来是做什么的了，有些事儿还要我这个老人家来照看照看。还是提个醒儿吧，扬帆出海前，还要回这里搞个自助餐。"

邓普斯特太太套上她那件一尘不染的白大褂，鼻孔里喷着粗气，仿佛一场即将举行的婚礼让她心神不宁。要知道，这位太太的脾气可不大好捉摸，这可是远近出了名的。一次，喝下好多杯咖啡后，她向埃迪斯一吐衷肠，她这辈子就毁在男人手上了。埃迪斯觉得，彭尼洛佩肯定能从邓普斯特太太口中套出更多，可话又说回来，彭尼洛佩能讲的故事比自己多得多。彭尼洛佩和邓普斯特太太有些共同之处：两人的一切言谈都围着男人打转，两人也都对男人又爱又恨，纠结不已。邓普斯特太太说道："快！快！亲爱的，快去洗澡！我给你冲上一杯咖啡。"埃迪斯转过身，眼中已是泪光涟涟。这就叫善良，虽然你并无期许，可还是会自动找上门儿。

埃迪斯躺在浴缸中，听到邓普斯特对一群男人大声吆喝，整幢房子似乎都在震动。就在她房间的下方，有人重重地扔下一箱箱香槟。那杯咖啡看来要晚点儿冲了，邓普斯特太太现在有更重要的事儿要做，要监督这里的一切。房子似乎在颤抖，一群群人出出入入，先是送花的，然后是一队姑娘，一进来就占领了厨房，不一会儿就做出了一道道美味佳肴：芦笋卷、蘑菇酥、油炸奶酪、冰皮香橙面包卷，还有内斯尔罗德布丁。一听到布丁，彭尼洛佩就说："埃迪斯，你肯定疯了。""我妈妈就爱吃。"埃迪斯反驳道，心里暗想，妈妈要是活着，肯定对这门亲事嗤之以鼻。楼下传来一个女孩又尖又高的声音，要再来几只花瓶，也可能是从后屋传来的。"萨拉！快！快！要想赶上特拉根特路那单活儿，十一点半我们必须撤。哦，咖啡！您真好，邓普斯特太太。萨拉！咖啡来了！"突然间，一切都停了下来，仿佛所有人都突然决定罢手不干了。埃迪斯回到卧室时，发现梳妆台上放了一杯咖啡，还有一小碟薄饼，饼肯定是邓普斯特太太带来的，埃迪斯不记得自己买过。

埃迪斯穿上精致的长筒丝袜，套上漂亮的灰色锦缎衬裙。彭尼洛佩说要来陪着她梳妆打扮，可埃迪斯婉言谢绝了。埃迪斯搭了一连串平时从不搭的公交车，买了些布料，颜色上有蓝有灰，材质上有丝绸，也有羊毛，又在西伦敦的伊灵找到一位上了岁数的波兰裁缝。这不，一身上下还真有点儿香奈儿的样子，上装上嵌着深灰色和白色丝绸穗带。那位裁缝还为她做了件朴素的套头衫，再配上安娜阿姨留下的珍珠项链，那可是自己唯一的嫁妆，也是上一代给自己留下的唯一一件东西。埃迪斯脚上穿着蓝白相间的皮鞋，觉得跟有点儿高，一双白手套没有戴，提在手上。埃迪斯不肯戴帽子，不过把头发盘得比平时高了点儿，在梳妆镜中望着自己的样子，感到心满意足了。看上去，她高雅而节制，终于成了女人。

这一天，埃迪斯第一次感到一丝喜悦渐渐扩散到全身，下楼梯时，脸上露出既天真又甜美的笑容。萨拉和她的朋友（是叫凯特还是比琳达）可没时间等她。彭尼洛佩已经到了，正和邓普斯特太太一起坐在厨房里那张小小的桌子旁，谈得起劲儿。彭尼洛佩身穿一袭印花丝绸长裙，不用说，很贵，头上戴了顶大草帽，帽檐遮住了大半边脸，向下几乎一直延伸到肩膀上方。彭尼洛佩的裙子上有许多褶皱，散发出浓烈的香水味，耳垂上戴着她妈妈的钻石耳环，长长的指甲涂成了粉红色，不时去摸一摸耳朵上的耳环。这副行头赢得了邓普斯特太太的称赞，这才是新娘应该有的样子。彭尼洛佩身后的姑娘们身穿帆布装，哈着腰，一言不发，全神贯注地在木汤勺柄上转着杏仁饼，与彭尼洛佩的耀眼相比，实在是不大协调。也不知彭尼洛佩和邓普斯特太太在谈些什么，反正一看到埃迪斯，她立即闭口不谈，向埃迪斯投来严厉，甚至可以说是责备的目光，把埃迪斯自上而下仔细打量了一遍。带着一丝超然，埃迪斯暗想，谁才是今天的主角？彭尼洛佩知道男人喜欢什么，也知道我需要什么，恐怕心里早已把那个波兰裁缝骂了个狗血淋头。这里要是有个男人，简直就可以上演一出希腊神话中的帕里斯选美。当然，乔弗里是例外（如今，也只剩下乔弗里了）。无论我穿什么，他都会说上几句恭维话，既讨人欢心，又不让人觉得肉麻。

有个做着婚前早餐的姑娘手脚甚是麻利，这姑娘终于打破了沉默，说道："瞧，真不错。能让一让吗？大家想早点干完活儿，早点儿撒。祝你好运！"

埃迪斯被发配到屋外，围着花园遛着弯儿，彭尼洛佩则和邓普斯特留在屋里做监工，心里希望埃迪斯能意识到自己有多么幸运。两人都觉得，这样的幸运并不顺理成章，埃迪斯有点儿当之有愧。邓普斯特太太说道："这丫头一半时间在做梦，编她的那些故事，有时候，我疑惑她是否知道自己到底在写什么。"彭尼洛佩大笑一声。埃迪斯从敞开的厨房门中看到这一切，心想，自己能不能进去，和那两位一起笑一笑，正好听到彭尼洛佩说："我不就是个浑身都是故事的主儿吗？但愿她没把我也写进故事里去。"

早就写进去了，埃迪斯想，只不过你看不出来罢了。

埃迪斯感到自己又累又冷，肚子还饿得咕咕叫，仿佛患上了什么慢性病，体质已被蚕食，随时会头痛，流泪。似乎，她应该穿上件暖和的衣服，要是能披上件浴袍，再吸点儿营养丰富的乳制饮料，就再好不过了。孤独感扑面而来，埃迪斯想，或许许多新娘临出嫁前都有类似的感觉，可很少有哪个新娘会一个人规规矩矩地坐在客厅里,时不时起身走到窗边,看看迎亲的车队到了没有。第一辆车终于出现在视线之中,难道要自己这个新娘亲自跑进后面的厨房,冲彭尼洛佩喊上一句:"喂,你的车到了!"不知是谁,反正有人说,彭尼洛佩是伴娘,应当先赶到婚姻登记处,同乔弗里,还有伴郎会合(那个伴郎同乔弗里简直一模一样,只不过略大了一号)。他们先做好准备,十五分钟后,埃迪斯一个人乘第二辆车赶到。邓普斯特太太说自己留下来,她到埃迪斯的卧房里换上那套华丽惹眼的婚宴装,等新人归来,然后自助餐开始。

埃迪斯终于说服彭尼洛佩上了车,门外聚集了一群小孩子,一双双小眼睛紧紧盯着屋内,目光中似乎看到了糖果和薄饼。有那么一会儿,四下恢复宁静,做活儿的姑娘们鱼贯而出,这会儿她们脑子里就只剩下时间和到特拉根特街的距离了。楼上响起了动静,是邓普斯特太太正在放水,准备洗澡。

接新娘的车缓缓停稳,埃迪斯却陷入沉思之中,望着这幢小小房子的前门和墙壁,仿佛自己第一次来到这个地方。早该上上漆,刷刷粉了,埃迪斯琢磨着,这些事儿早就该干了。接着,她的目光游移到门口那几家店铺上,今天显得格外诱人,自己天天从那几家店铺门口经过,怎么就没注意到呢?一家丧葬用品店,一家日杂用品店,一家报刊店,店里有不少成人杂志,封面上大都是一位弯着腰的妙龄女郎,正从两腿之间向你眨眼。老板识趣,不会让路过的行人觉得难堪。还有一家博彩店,门口的人行道上总是撒满了没有中彩的彩券。埃迪斯上了车,任由车辆载着自己向命运的终点驶去，心里却突然感到一股强烈的依恋。那个从塞浦路斯来的鲜蔬店老板从店里走出来，手里提着一桶水，双手一扬，桶里的水在空中画出一道弧线，溅落在远远的人行道上。此情此景在埃迪斯心头激起一阵喜悦。车开到医院门口，身穿白大褂的年轻人匆匆跃上台阶；接着是冒险乐园、日托所、花卉店、一两家酒吧，还有一家看上去相当不错的时装店。婚姻登记处已在眼前，门口的人行道上已聚集了一小群人，正在窃窃私语。人群中有埃迪斯的出版商、经纪人，爸爸那位从不沾荤腥的癫表哥，几位朋友，外加几位邻居。埃迪斯觉得，自己仿佛是外星来客。她看到了彭尼洛佩，精神焕发，头上戴的红帽子已经吸引了一两位摄影师。这会儿，她正在同新郎的伴郎聊天。埃迪斯也看到了乔弗里，刹那间，一个念头在埃迪斯心中一闪而过：这男人处处循规蹈矩，简直像只耗子。虽然，那只是刹那间的念头，却足以改变埃迪斯的全部。

埃迪斯向前探探身，用极其平静的语气对司机说："麻烦你把车开远点儿，我改变主意了。"

"没问题，太太。"司机一边回答，一边琢磨着，从车上这位太太的穿着打扮看，应该是位嘉宾。"您打算在哪儿下车？"

"要不拐过公园吧。"埃迪斯试探着说道。

车稳稳地驶过婚姻登记处大门口，埃迪斯看到，彭尼洛佩和乔弗里眼睁睁看着自己的车从他俩面前开过去，震惊无比，张大了口，那一幕是如此清晰，简直就像是一张照片。接着，人群开始乱起来，各式各样的脚冲下台阶，倒有点儿像某部她看过的经典电影中的一幕（如今，那一幕已成为各家电影资料馆的必备）。埃迪斯感到，自己仿佛是个旁观者，目睹着惊天动地的一幕在自己眼前上演，只等着枪声响起，鲜血四溅。可只过了一会儿（真不可思议），所有人就被抛在车后，恰在此时，太阳从云层中露出头，在这个虽已入秋，暑气未消的上午，把炽烈的光和热一股脑洒在斯隆广场之上，仿佛为埃迪斯发出逃婚的信号。车稳稳驶入公园大门，不紧不慢，埃迪斯摁下车窗，呼吸着迅速涌来的新鲜空气，心中觉得无比舒畅。公园里，男孩子们在踢球，几个女孩子骑在马背上，笨拙地颠上颠下，游客们一边看着手中的地图，一边向身边的人打听着什么，或许是在问去哈罗兹百货怎么走吧。望着这一切，埃迪斯觉得自己的心也飘了起来。

"再转一圈，好吗？"埃迪斯央求司机道。可这一次，兴奋感渐渐消退，接下来就该考虑自己行为的后果了。这会儿，大家应该都到了她家，乔弗里多半会坐在客厅里，说不准还用双手抱着头。邓普斯特太太呢，肯定会神色严峻地问大家，那么多吃的该怎么办？彭尼洛佩肯定要独撑大局。地上的落叶在打转，天空中再次阴云密布，一阵寒意袭上身来，此时，埃迪斯才想起，自己的肚子还是空的。之后的一切就不堪回首了。回去时，埃迪斯发现众人的怒气几乎要把房顶震塌了，还好，她的出版商，还有几位老朋友坐在花园里，悠闲地啜着香槟。埃迪斯悄无声息地上了楼，走进卧室，地板上丢满了邓普斯特太太的衣服，空气中还弥漫着浓浓的香水味道。楼下传来彭尼洛佩的声音："还是吃点儿吧！至少还有点儿吃的，我实在想不出埃迪斯去了哪儿，肯定是得了什么急病。"埃迪斯轻轻叹了口气,蹑手蹑脚地走下楼,完全清楚自己一露面,狂风暴雨就会迎面袭来。

埃迪斯走进客厅,一只手放到乔弗里胳膊上,说:"抱歉,乔弗里。"乔弗里抬起头,神色凝重地把埃迪斯的手从自己的胳膊上拨开,说道:"我跟你没什么好说的。今天,我成了大家眼中的笑柄。"

"乔弗里,以后你会明白,"埃迪斯说道,"真正成为笑柄的是我。"

这句话乔弗里根本没有听进去,接着说道:"谢天谢地,我那可怜的老妈没看到今天这一幕。"

埃迪斯除下手指上的戒指,递给乔弗里,两人的目光聚集在戒指上。"再见,乔弗里。"说完,埃迪斯走了出去。

"我在花园里。"埃迪斯对彭尼洛佩说道,身后又是一阵闲言碎语。"我想跟哈罗德和玛丽说上几句。"说完,埃迪斯端起一杯香槟,走到花园中,向自己的经纪人打了个招呼,闲聊了几句,只字不提之前发生的事儿。埃迪斯就这样坐在花园中,直到大家都走了。

不用说,埃迪斯被骂了个狗血淋头。一个小时又一个小时,她听着彭尼洛佩和邓普斯特太太的训斥,说她品性轻浮、意气用事,自己都不尊重自己,又如何去赢得别人的信任和忠心?至于女性的温柔体贴、举止得体,更是与她沾不上一点儿边。人人都说,她毁掉了自己最后的机会,这个女人不会再有什么前途了,至少在嫁人方面不会再有什么前途了。人人都纳闷儿,出了这样的丑事儿，这女人怎么还能抬头见人？要是她还有自知之明，就应该躲得远远的，直到理智恢复，再回来真心诚意地为自己的恶劣行径做出弥补。每当听到这样的话，埃迪斯总是默不作声，不断点头，直到人家话也说完了，人也走了，门口传来关门声，屋里又只剩下她一个人。埃迪斯小心翼翼地等上五分钟，然后进房，拿起电话，拨通一个号码。

"斯坦利，戴维在吗？"

"到沃赛斯特搞促销去了，"电话中传来回答声，"谁去不行？真搞不懂，他干吗要亲自去。"

"能帮我联系上他吗？帮我转告他一声，叫他今晚到我这儿来一趟，尽快！哦，对了，我是埃迪斯。"

"你今天不是结婚吗？"斯坦利问道，一点儿听不出惊奇。

"婚礼取消了，我改了主意。"埃迪斯答道。

"埃迪斯上了楼，走进卧室，这会儿卧室总算又回到了自己手中，可空气中还残留着香水的气味。埃迪斯打开窗户，脱下身上的漂亮衣服，换上一身蓝棉布裙，在床沿上坐了足足有半个小时，想着自己干的这件丢人的事。渐渐已到黄昏，埃迪斯起身关上窗子，刚好看到乔弗里从彭尼洛佩家走出来，看上去精神多了。看来，是出去订位子去了。

又过了两个小时，埃迪斯独自坐在黑暗中，等着屋外传来戴维的车声。她心里感到空荡荡的，可又感到一股强烈的欲望，这会儿，她已意识到，这欲望已经把自己给毁了。出了这么大的事儿，大家可不会一笑了之，肯定会引起一连串反应，有人会看笑话，有人会起提防之心，更会有人从她身边走开，再也不回来。为此而吵嘴也不是不可能，尴尬更是永远甩不掉了。此时此刻，埃迪斯已经能够预见，自己就是令大家尴尬的人。

戴维到了，什么也没说，只是把她拥入怀中。最后，他总算把埃迪斯放开，可还是执着她的双手，眼睛紧紧盯着她的面庞。戴维的脸上既有紧张，又有疲惫，埃迪斯知道，都是自己造成的；除此之外，还有点儿别的。戴维看上去有几分忧伤，又有几分警觉。如今，事态严重了，情况复杂了，两人的关系只怕再也不能维持那种无需承诺的你情我愿了。两人都是懂道理的人，都不愿伤害对方，哪怕只是在言语上。尤其不要在言语上！于是，埃迪斯鼓起最后一分力气（这最后一分力气也在迅速耗尽），向戴维幽默了一番。她说，整件事儿就是时机问题，自己其实就是想要放个假，轻松一下，正好乔弗里就送上门来。看来，自己是不适合嫁人了，还是喝了这点儿香槟吧。几杯香槟下肚，又在电视上看了部催泪影片，戴维终于放松了下来，于是和埃迪斯到床上耳鬓厮磨一番。同戴维挥手道别后，埃迪斯发现自己从新婚早餐中抢救出来的小点心还放在盘子上，戴维一点儿都没碰。

接下来的几天中，埃迪斯一直在等着戴维的电话，殊不知有人已为她做好打算。电话响起，是彭尼洛佩打来的，在电话中告诉她这家优秀酒店的名字和地址、航班信息，又叮嘱她该带些什么。似乎，埃迪斯唯有消失，才能合所有人的心意。为了确保埃迪斯会消失上一阵子，彭尼洛佩几乎监督着埃迪斯的一举一动，埃迪斯先得到许可，才能和自己的经纪人出去吃顿饭，并把自己在国外的联络地址给了他。大家都觉得，从今往后，埃迪斯就只有靠自己的脑子，靠笔杆子过活了。临走那天，天空灰暗阴沉，夏季的步伐早已远去，埃迪斯上了彭尼洛佩的车，任由她开车载着自己向机场飞驰而去。邓普斯特太太说第二天过来，把屋里上上下下彻底扫除一遍，然后把门钥匙交给彭尼洛佩，至于以后还会不会来，她自己也不知道。这人可真怪，敏感过了头，看来，埃迪斯要重新找人了。

车向前开着，埃迪斯看到了特里，心里顿觉舒服了些许。特里的脸色比往常更加苍白，走在人行道上，手里捧着一个盒子，盒子里放满了拿去埃迪斯家花园移植的花草。特里也看见了埃迪斯，扬起一只手，让埃迪斯看了看他手中的钥匙。埃迪斯也向他扬起手，挥上一挥。至少，花园算是有着落了。

# 第十章

"我倒觉得,有些女人之所以要抱成团,就是因为她们既厌恶男人,又害怕男人。我知道,这本是显而易见的事儿,我想说的是,这种女人让我害怕,怕她们会拉我入伙。我指的并不是所谓'女权主义者',其实我也能理解她们的立场,只是要做到感同身受就很难了。"

回忆着自己往日干下的一桩桩蠢事儿,埃迪斯觉得头一阵阵的痛,终于向床的方向走去。此时已是更深人静,整幢酒店鸦雀无声,连酒店外的湖滨大道上也听不到来往车辆的声音。睡眠如大幕迅速落下,简直就像打了麻药一样,世界陷入彻底的黑暗之中。埃迪斯再次睁开眼睛时,四下笼罩在一片单调沉闷的灰色之中,就跟她初到酒店的那个下午一样。昨夜忘了拉窗帘,这会儿阳光已照亮了整间屋子。埃迪斯伸手去摸手表,心里有几分惊慌,仿佛自己离开这里已经有段时间了,不知道这里都发生了什么事儿,仰头一看,刚刚八点。其实,要是没什么特殊安排,这个时间起床正好,可埃迪斯早已习惯了早起写作,有时候,甚至送报纸和送牛奶的还没来,她就已经起床了。自然,此刻她心中感到一阵愧疚,自己今天起得实在太晚了。

埃迪斯打了个电话,叫了早餐,然后冲把澡,一心想洗去昨夜的深思在脸上留下的痕迹。穿好衣服,埃迪斯走到窗外小小的阳台上,没想到外面这样凉,不由打了个冷战。不能说冬天已至,可给人的感觉是秋天已经走远了。四下无风,挺立的树木只剩下光秃秃的枝杈,已显焦黄的草地上堆满了树叶,干枯地卷曲着,树头已再无脱叶飘落。隔了好一会儿,才听到一点儿动静,似乎酒店里的人差不多都走光了。大门口停着一辆车，一个身穿工作服的男人正在使劲擦车，埃迪斯认出来，就是这人准时开车来接普西太太和詹妮弗。门口走出一位女服务员，向那个司机说了几句什么，具体说什么埃迪斯听不到。那个女服务员打了个大大的哈欠，拍拍自己的面颊，眺望着前方的湖面。所有迹象表明，这里就要歇业了，大家都要放假了，再也不会有游客来了。远空迷茫一片，埃迪斯只隐约看到群山的轮廓。

埃迪斯觉得自己的肚子在叫了，每当自己不开心时，肚子就饿得特别快。回到房间，真奇怪，早餐还没送来。埃迪斯走到床边坐下，拿起电话，早餐也要催两次，她不禁有点儿吃惊，这种事儿可从来没有发生过。埃迪斯把听筒放到耳边，电话中传来长长的忙音，似乎根本没人接。等了一两分钟，埃迪斯放下电话，暗想，肯定有什么人被炒了，也好，就进城喝杯咖啡吧。她感到自己无论如何也要出去，这房间就像间牢房，里面锁着她往日所有的不快与悲伤。她更没心情同其他人共进早餐，笑逐颜开，无论是普西太太母女、莫妮卡，还是内维尔。尤其是内维尔！

正打算换鞋出门时，门外传来一阵嘈杂声，也听不清都在说些什么。一扇门被推开，紧接着又用力关上，发出砰的一声。门外过道里传来争吵声，接着是一名青年男子的粗声叫喝。埃迪斯一阵好奇，推开门，走进过道，听到从普西太太套房的方向传来阵阵痛苦呻吟，胡伯先生和女婿站在套房门口，显然正在商量方案，然后好进房救人。两人的面色都很沉重，埃迪斯估摸着，昨晚的活动对于普西太太来说刺激大了点儿，不知是出了意外，还是犯了病，总之酒店方面要尽快做出专业的处理，然后送老夫人上医院去。埃迪斯悄悄退回到自己的房间，等着怦怦乱跳的心静下来，觉得眼前的这一团糟都是拜自己的静夜长思所赐，普西太太要是真有什么三长两短，立马就会有人找上门来，要自己做出解释，接受惩罚。过了好一会儿，埃迪斯才抑制住自己狂跳的心，再次推开房门，走上过道，向普西太太的套房走去，走进两间卧室之间的小客厅。小客厅中已站满了人，莫妮卡、阿兰、胡伯先生翁婿，透过众人，埃迪斯看到普西太太平躺在贵妃椅上，一只手揪住胸口，身上还穿着粉红色的丝绸和服，脸上的妆已上好。普西太太双目紧闭，埃迪斯觉得心里一阵巨震，却不知道自己能帮点儿什么好。胡伯先生走上前去，低下身，抓住普西太太的手，在她耳边低声说了些什么，然后轻轻拍拍普西太太的手腕。阿兰涨得满脸通红，眼泪就要夺眶而出了，僵硬地站在一边，目视前方，仿佛是站在军事法庭被告席上的士兵。

"普西太太，"埃迪斯打破了沉寂，"您怎么样了？哪儿不舒服？"

普西太太睁开眼，说道："你也来了，谢谢。"普西太太的语气有点儿遥远，又像是在劝诫。"到屋里去吧，去陪詹妮弗坐一会儿，好吗？"

埃迪斯心里惊惶不定，肚子里又空空如也，一手捂着肚子，走进詹妮弗的卧室，满以为眼前的一幕定然是不堪入目：詹妮弗可能病了，也可能疯了。走进卧室，埃迪斯看到詹妮弗正靠着床头坐着，嘟着嘴，面色绯红，脸上写满忧郁，身上穿了件薄薄的露肩丝绸睡袍,露出圆滚滚的肩头,睡袍下的胴体依稀可见。

"你没事儿吧?"埃迪斯问道,"出了什么事儿?"

詹妮弗匆匆瞥了埃迪斯一眼,答道:"我没事儿。"说完就闭上嘴,再也不肯多说一句。

"能帮你点儿什么?"埃迪斯问道,心里很是纳闷儿,詹妮弗看上去并没有什么不妥的地方。

"好吧,帮我叫杯咖啡吧,今天一下子冷了不少。"詹妮弗一边说,一边指了指身边的早餐盘子,顿时让埃迪斯感到胃里又是一阵饥饿般的抽痛。

"只要咖啡?"埃迪斯问道,"要不要叫个医生什么的?"

"天哪,不用了,帮我照看照看妈妈就好了,她有点儿受了刺激。"

詹妮弗看上去忧郁,也不愿意跟人多说话,可真是怪了。埃迪斯想,可能正在生闷气吧,可要是你妈妈不舒服,该陪在她身边的人应该是你而不是我。你怎么能这样不闻不问?这又干我什么事儿?

埃迪斯退出詹妮弗的卧室,走进小客厅,胡伯先生正在训斥阿兰,普西太太的眼睛又闭上了,胡伯先生的女婿想稳定住局面,却收效甚微。莫妮卡倚门而立,长长的睫毛忽闪着,嘴巴闭成一条线。埃迪斯一进来,所有人的目光都移到她身上,等着她说点儿什么。

"詹妮弗想要杯热咖啡。"埃迪斯向大家说道。

胡伯先生的女婿走到门外,打了声响指。失去了一根重要支柱，胡伯先生抓住阿兰的胳膊，使劲摇着，一面用法语喊着："白痴，你这个白痴！"

此刻，阿兰的心情可谓是摇摇欲坠，再难维持平静，不禁脱口而出："我什么也没干啊！什么也没干！"

"白痴！"胡伯先生还在喊，几乎已是声嘶力竭。"太太，"阿兰把目光投向埃迪斯，哀求道，"我可什么都没干！"

"能不能有谁告诉我……"埃迪斯说道，可话没说完，阿兰已夺路而逃，一直强忍着的眼泪从眼眶中泉涌而出，冲出门去，沿着过道狂奔，一边狂喊："玛丽冯妮！玛丽冯妮！"一扇门推开，里面露出玛丽冯妮满头的金发和惊魂不定的面容，阿兰向玛丽冯妮冲去，玛丽冯妮张开双臂抱住了他，把脑袋贴到阿兰的脑袋上，两人一齐冲下楼梯，不见了踪影。

普西太太的小客厅里鸦雀无声，仿佛谁也不知道下面该怎么办。咖啡终于送来了，莫妮卡、胡伯先生翁婿也知趣地走开了，临走前对普西太太说，如果有什么需要尽管打电话来。埃迪斯也打算一起走，显然，没有谁得病，也没有争执，自己留下来也帮不上什么忙。就在她准备跨出门口的一刹那，普西太太有气无力地抬起手，向她做了个手势。

"别走，埃迪斯，"普西太太轻声说道，"我还没缓过神来。"

埃迪斯为普西太太倒上一杯咖啡，看着她缓缓坐起身。或许，经过众人的一番安慰，普西太太的神色已经安定了许多，体力也恢复了不少。"能给詹妮弗也倒上一杯吗，亲爱的？"普西太太问道，仿佛世间最最寻常的要求不过如此。"我让她上了床，实在是太乱了,看来今早我们俩都要卧床静养一下,可能到中午吃饭的时候就能下床了,也可能叫人直接把饭菜送上来,谁知道到时候还有没有胃口。"说完,普西太太发出长长的一声叹息。

"普西太太,能告诉我到底发生了什么吗?"埃迪斯端起一杯咖啡,准备给詹妮弗送过去,一面问道。咖啡芳香扑鼻,却又显得那样虚无缥缈。"詹妮弗到底怎么了?我一点儿也看不出她生了病,胡伯先生又干吗那么大力气摇晃可怜的阿兰?"

"阿兰可怜?但愿胡伯先生的力气更大些。不错,这小子确实是条可怜虫。"

"他到底干了什么?"埃迪斯问道。

"没什么。"普西太太答道,面色阴沉,掏出手绢,擦了擦嘴角。"不过,谁又知道这小子可能干了些什么。"

"抱歉,"埃迪斯说道,"可我还是不明白都发生了什么。"

"昨夜我睡得不好,"普西太太说道,"天刚蒙蒙亮就醒了,被吵醒了。詹妮弗的房门响了一下,有人进来了,我的心都跳到嗓子眼了,要是她有什么三长两短,我就……"

"可詹妮弗好好的,什么事儿也没有。"埃迪斯轻声说道。

普西太太并没有听埃迪斯的话,继续说道:"我挣扎着起了床,摁响门铃,吓得浑身发抖,可还是冲了进去,大叫了一声。谢天谢地,詹妮弗一切安好。"说完,普西太太又用手绢擦了擦嘴角。

"实际上,你听到的不过是阿兰送早餐,"埃迪斯说道,"那会儿已经不早了,你睡过了头,又突然被惊醒。现在好了,没事了。"

普西太太为自己又倒了一杯热咖啡,说道:"当然,然后我就回到这儿来,想好好休息一下,可当时我真吓坏了,埃迪斯。"看上去,普西太太吓得确实不轻。"詹妮弗看到我吓坏了,她也吓坏了。我叫她上床,还叫胡伯先生换个女服务员负责这个楼层,再也不能让那小子在这儿溜达了。我从来都不喜欢他,瞧那双小眼睛。"

说话这会儿,埃迪斯一直站着。这会儿,她从普西太太躺着的沙发椅边走到窗前,在脑海中重放着之前的一幕幕:詹妮弗坐在床上,双肩赤裸,薄如蝉翼般的睡裙下面,胴体依稀可见;阿兰,哭得像个孩子,冲到过道里,逃之夭夭。这时,埃迪斯想起来,自己朦胧中也听到了开门声。(自己听到的就是詹妮弗的房门开启的声音吗?)奇怪,埃迪斯暗自想着,真是奇怪。

埃迪斯把额头顶在玻璃上靠了一会儿,感到一阵冰凉,等着普西太太喝完咖啡,一边努力压下心头不认可、不舒服的火苗,感到自己如果不控制,火苗要蹿上来,就一发不可收拾了。埃迪斯不断对自己说,普西太太担了惊,害了怕,对于这位老太太而言,现状的任何改变都足以让她惊吓一阵子了。这位老太太岁数又大,又爱慕虚荣,断然承担不起惊吓的代价,肯定会把自己的情绪投射到别人身上。一切都会过去,至多到今天晚上,就再没有人会记起这桩小小的意外了。不过,由现在开始,看来还是要同这母女俩保持点儿距离为妙。再说了,同她俩也没多少共同语言。

埃迪斯扭过头,正好看到普西太太一手端着咖啡杯,一手用调羹拨弄着杯底没化的糖。"看来,您还是休息一下的好。"埃迪斯说道,语气比先前坚定了许多。"我要是你,就安安静静地过上一天，过不了多久，这一切就过去了。"

"当然，但那小子还是要走人，"普西太太说道，"我要亲自同胡伯先生谈一谈，应该不是什么难事儿。想想看，我一直光顾这里，都这么些年了！要是我丈夫在，他会干出点儿什么，我真不敢想。"普西太太的呼吸又粗重起来，一只手又捂住胸口。"好了，要是你忙，就走吧，亲爱的。我知道你想出去走走，真是个爱路如痴的丫头，帮我叫胡伯先生来就行了。行吗？下楼时顺便帮我叫一声。"

埃迪斯走出房间，轻轻带上房门。过道里和楼梯上空无一人，但能听到淋浴间里的水声，吸尘器的嗡嗡声，一间客房里传来一个女服务员的说话声，仿佛在争吵什么，嗓门儿越来越大。埃迪斯出门时路过总台，看到胡伯先生翁婿俩正在交头接耳，脸上露出成人才有的那种神情，很专业，又不无几分嘲讽。埃迪斯冲两人微微颔首，从两人身边走过，穿过旋转玻璃门。室外空气寒冷，又掺杂了从湖上无声无息地飘飘而至的湿气，埃迪斯不禁机灵灵打了个冷战。自己穿得实在太少了，可又打心底里不愿意回头，回到酒店自己的房间中，套上件暖和的毛衣。埃迪斯盘算着，去喝杯咖啡，然后好好走上一走，可能的话找个远远的地方吃顿午饭，晚饭前都不回去。其实，自己从大家的视线中消失上一阵子，对谁都好。对于身边这场小小的闹剧，埃迪斯感到自己的耐心正在耗尽。

脚踩着落叶，双手插在羊毛衫的口袋里，埃迪斯感到早上那不愉快的一幕如潮水般时涨时落，心里乱成了一锅粥。最后，当下和往日困苦的回忆搅到了一起，难分彼此。四下里灰蒙蒙一片，煞是寒凉，一路上行人很少，就算偶尔碰到一两个，也是脸绷得紧紧的，鼓足了劲，去迎接即将转坏的天气。看来，人人都很吝惜展颜一笑，更不要说主动打招呼了，除非认出迎面走来的是自己的相识，自己的主动热情定会有所回应，不至于碰了对方的冷脸。天气转坏，在这深秋季节，更是万物凋零，凄然肃杀，尽管如此，埃迪斯还是觉得，待在外面比在酒店里舒服多了。酒店是个封闭的世界，里面飘荡着各式各样美味佳肴的香味，时刻要留意谁对自己热情友好，谁又在疏远冷落自己。住这家酒店的人个个都有着漫长的回忆和锐利的眼神，个个都认可要举止得体，仿佛压根儿就没有谁会举止粗鲁，不识时务。埃迪斯思忖着，是不是因为我们都是女人，所以觉得普西太太客厅中那一幕尤其难受？原本不过是一桩小小的误会（权且当它是个误会吧），没什么大不了，可偏偏有人要小题大做，从这小小的误会中挖掘出各种遭受伤害的情感。至于其他人嘛，则会一直把这桩事儿当作茶余饭后的谈资笑料，直到永远，或者我们中有人收拾东西走人。天哪，除了传传这样的小道消息，这地方又有什么可说的啊！可普西太太感到心里不踏实，这可不是她熟悉的感觉，因此她要说，把什么都说出来，她要逃得远远的，直到人们觉得，她那一刻之所以会失控，都是别人的错。唯有如此，才能把人生难逃一死的阴影抛到九霄云外。普西太太不习惯于恐惧，这么多年来，别人把她的一切都照顾得好好的，她实在不明白，为什么自己终将在劫难逃，更不明白为什么人的归宿都一样，从来没有例外。或许，这正是她冷酷无情的原因之所在，她之所以一路走来，过上如今这样舒舒服服的日子，就是因为她早已对世界充耳不闻，视而不见，可一旦这层保护壳受到冲击，出现裂缝，她又会变得很精明，运用所有必要策略，把保护壳修整如新。埃迪斯低着头，却没看脚下的路，边走边想，阿兰真是可怜。自己又凭什么说别人可怜？他这会儿说不定正搂着玛丽冯妮，两人一起开怀大笑呢！都过去了，没人会记得。可心底里，埃迪斯觉得，事情不大可能会这样结束。一想到这里，她心中不禁又是微微一痛。纷乱的心情渐渐平静，饥饿再度占据上风。埃迪斯走进哈芬尼格咖啡厅，一进去就看到了莫妮卡，正在大口吃着一大块巧克力蛋糕，任琪琪在脚边怎样叫唤也不理不睬。莫妮卡把十分精神都放在了面前的盘子上，看到埃迪斯走进来，甚至连举一下叉子，打个招呼的时间都没有。埃迪斯在靠近门的地方找个位子坐下，喝了两杯咖啡，外加份奶油鸡蛋卷。东西下了肚，埃迪斯叹了口气，谁让自己是孤身一人呢，终于还是站起身，走到莫妮卡身边坐下。莫妮卡的神情很严肃，整张脸笼罩在烟雾之中，两人交换了个眼神，各自微微点头。

埃迪斯尽力做出轻松愉快的神色，开口说道："好啊，今天有什么计划？"

"拜托，"莫妮卡答道，"今早我既没有心情，更没有计划。什么时候有过？难道你到现在还看不出来？你是个作家，没错吧，不是该善于察言观色、洞察人心吗？怎么觉得你这个人有时候有点儿木？"说完，莫妮卡把烟头摁到烟缸里，任由它冒着烟。

"对不起。"埃迪斯一边说，一边移走面前的烟缸。"今早我也没什么心情，更没说过自己擅长于察言观色、洞察人心。为什么我就要如此呢？我倒觉得，自己看到的和想象的差距实在太大，现在已经不敢相信自己的判断了。我跟你一样，失望透了，或许，有过之而无不及。"

两人在缭绕的烟雾中相对而坐，沉默不语。玻璃上又罩上了一层水汽，门口的衣架上挂满了深秋季节的厚重衣物，四周传来低低的交谈声，中间夹杂着调羹敲击咖啡杯的声音，那是在召唤侍应。埃迪斯意识到，对于这里的人来说，这家咖啡馆已经是家的一部分，这些人天天都要来，这里已成为他们日常必到之地。然后，这些人回去，不是回宾馆酒店，而是回家，回真正的家，有电视，有厨房，摆满了书，可以静静地坐下来读会儿书，要不就下厨房做点儿东西，要不就打开后门，往院子里扔点儿面包屑，招几只鸟来。每到周末，总有人来探望，可能是儿女，也可能是孙子孙女。埃迪斯感到咽喉一阵刺痛，又想到了自己那个小小的家，如今大门紧闭，没有人来，不知道多凄凉。回家，她想到，我要回家。可转念一想，现在还不行，至少背着这身哀伤，还不能回去，要等到自己更活泼些才行。最后总能熬过去。

"莫妮卡，"埃迪斯突然发问，"你喜欢自己的妈妈吗？"

"当然。"莫妮卡答道，微微有点儿吃惊。"她精神有点儿问题，吃点儿药就好了。不管怎么说，我还是很佩服妈妈。干吗问这个？"

"有时候，我觉得，自己不是妈妈的亲生女儿。我妈妈去世了，可我很少会想到她，就算偶尔想到，对她的感觉也是现实中所没有的。我心中只有痛,可能,她活着的时候,一想到我,心中也是同样的感觉。之所以还会想起妈妈,不过是希望她还活着,好让她瞧瞧,她女儿其实跟她一样,爱男人而不是女人。"

"谁又不是呢?"莫妮卡答道,眉毛一扬,已弯曲到极限。

"我倒觉得,有些女人之所以要抱成团,就是因为她们既厌恶男人,又害怕男人。或许,是看到了今早那愚蠢的一幕才想到的。我知道,这本是显而易见的事儿,我想说的是,这种女人让我害怕,怕她们会拉我入伙。我指的并不是所谓'女权主义者',其实我也能理解她们的立场,只是要做到感同身受就很难了。我指的是那种超级女人,那种女人一面得意扬扬地消费着男人,一面又定下各种不成文的规矩,规定着自己这样的女人该得到什么,比如说殷勤款待、各种特权,哪怕偶尔不讲道理,大闹一番,也没人会介意。这种女人心中只有她们自个儿,也很吓人,别指望她们有诚实可言。我觉得,男人其实更容易对付,或许,那些女权主义者应当重新评估一下局势。"

埃迪斯停了下来,感到心中波涛翻滚,有千言万语,可一说出口偏偏全然失去了意义。她暗想,错失在我,因为自己太过温顺,所以周围的人很少会留意到自己的要求;也可能,自己压根儿就没有提出过任何要求。关于诚实,就到此为止吧!戴维不是说过嘛,诚实就像冲厕所的水,走的时候谁也不会在意。

"恕我听不明白。"莫妮卡的一句话结束了埃迪斯的深思。"不管怎么说,我觉得你没什么好担心的,咱们那位内维尔先生对你不是有点儿意思吗?"

"哪有的事儿！"埃迪斯辩驳道，"不过出去散了散步……"

"是吗？他同别的女人散过步吗？有没有？没有吧。我觉得，只要不出错牌，他就是你的囊中之物了。再说了，人家还是值的，当然，这也是一桩交易。"说完这句话，莫妮卡用力喷出一口烟，一脸不屑一顾的神情。不知莫妮卡怎么知道内维尔家底颇为殷实，但埃迪斯并不是她说的那种人。

埃迪斯感到有点儿倦了，说道："莫妮卡，我想说的并不是这些，我对内维尔没兴趣，不管是他的人，还是他的钱。我自己会挣钱，人长大了就该自己挣钱，一想到有些女人把男人当成锦衣玉食的工具，我就想呕。"

"那又有什么错？"莫妮卡反唇相讥道，不过语气中已没了刚才的火药味。"男人中也不乏其人。"说完，莫妮卡稍稍停顿了一下，两个女人都拉长了脸，情绪低落，心中暗自觉得，就算再说下去，两人讲的也是驴唇不对马嘴，难有共鸣。两人闷闷不乐地坐着，各怀心事，想着自己孤身一人飘零海外的处境。过了好一会儿，莫妮卡扬手叫来一位女侍应，为自己和埃迪斯各点了一份蛋糕。也好，埃迪斯心想，至少不用回酒店吃午饭了，再说自己也不饿。

两人低头吃着蛋糕，一言不发，就像所有孤身一人、闷闷不乐地吃东西的女人一样，感到自己既有愧又丢人，全无女人应有的雅致。蛋糕很甜，塞住了埃迪斯的嘴，不一会儿就觉得嗓子眼儿堵上了，她抬头看看莫妮卡，莫妮卡正把盘子里剩下的蛋糕往琪琪嘴里送，于是把自己面前的盘子也递了过去。

"你这小狗还真不算肥,"埃迪斯说道,"瞧你给它吃多少。"

"倒有一大半都吐出来了。"莫妮卡若有所思地说道,那副神情好像即将发现因果循环之间的秘密通道似的。琪琪一脑袋浓密的毛发,目光盯着莫妮卡,流露出无限的信任。埃迪斯暗想,我算老几,干吗管这闲事儿。

"不管怎么说,样子还不算丑。"莫妮卡说道,又点上一根烟。"我是说内维尔,你也不丑,就是花的心思太少。你身上的衣服真是糟透了,希望你别介意我这么说,就算你介意,我还是要说。那是你自个儿的事儿。内维尔可算得上是条大鱼了。"

"我怎么没注意到。"埃迪斯说道。

莫妮卡眯起眼睛,从眼缝中盯了埃迪斯一会儿,说道:"我亲爱的姑娘,自打那男人在酒店里一露面,就有人盯上他了。"

"莫妮卡,"埃迪斯吃惊地说道,"你不会说自己看上了内维尔了吧?"

莫妮卡沉默了一会儿,说道:"什么看上不看上。"

"那是怎么回事儿?"

"算了,算我没说。不,埃迪斯,这次我请,真的,一定让我来。我要走了。"

埃迪斯把沾满水汽的玻璃擦出一片,望着窗外,灰蒙蒙的雾气无声无息地卷来,感到自己也渐渐融入雾气之中。这种时候就看出一个人的真性情来了,可自己的真性情又如何呢?埃迪斯似乎从未认真检视过自己的真性情,最近却感到它正在衰弱,或许就在昨夜的长思之后。埃迪斯知道,唯一的药方就是工作,她暗自对自己说,过去不也这样试过吗?这次肯定也能奏效。再说,《月光之下》的写作已经落下了,自己向哈罗德保证过圣诞节前交稿,可三天了,自己只字未写。难怪今天会感到压抑,要抓紧时间了。

"我也想回去了,"埃迪斯对莫妮卡说道,"有几封信要写,你有什么事儿要做?"

"这种鬼天气还能做什么?还是去做下头发吧,彻底重做一遍。跟我去那边吧,反正你也不赶,是吧?"

埃迪斯当然不赶。莫妮卡伸过胳膊,挽住埃迪斯的胳膊,埃迪斯感到一阵暖意从胳膊上传来。琪琪一蹦一跳地跑在前头,两个女人手挽手,慢慢走在阴冷的树下,踩着满地的落叶,谁也不出一声,心里却感到一股友情向对方流去,有点儿躁,却很真。够了,这就足够了,两人都可以面对往日痛苦回忆的风吹雨打、霜雪侵凌了,管它阴风怒号,白浪滔天。

女人和女人可以分担哀伤,至于欢乐,则要炫耀一番,成功总要有人欣赏才行。有些女人生来话多,还总喜欢做出火烧火燎的样子,其实那也是为了别的女人好。这样,就没有人会感到孤单了。

下午,两点和三点之间,大部分人此时正在午睡,埃迪斯和莫妮卡却漫步在湖边了无生机的枯木之下。白日漫漫,不知何时才到尽头,两人却不慌不忙,不急着熬完这枯燥乏味的一天。虽然各自处境不同,两人都有一种感受:往日两人都饱受白眼和奚落,甚至成为他人消遣谈笑的对象,可只要抓住这一天,就能筑起一道大坝,把往日的痛苦回忆统统挡在坝外。昔日为人嘲弄、取笑，今天两人要走上另一条道路，一条布满荆棘、曲折泥泞，却属于两人自己的道路。两人会向世界证明，原来自己一样可以发号施令，一样可以率性任情，或许注意到的人不会多，可两人明白，往日把她俩禁锢在边缘的人生牢笼已不再牢不可破。埃迪斯心里想着，咱俩到这儿来，都不过是为了不麻烦别人，可谁又考虑过我们的希望和心愿？可光有希望和心愿没用，如果要别人注意到你的希望和心愿，更不要说去实现它，就要大声说出来。可有些女人总是有人迁就，总能得到安抚，不是很怪吗？看来，我是学不会那一套了，要学的话，早在自己还是个小丫头，绕着妈妈膝头撒娇的时候就该学会了。如今，一切都已经太迟了。埃迪斯又想了想，自己的一切都传自爸爸，耳中仿佛又听到了爸爸的声音：这道题算错了；这就看出真性情了；概念不清，目标不明。

两人不约而同轻叹一声，掉头原路返回，向城里美发店的方向走去。街道上空空荡荡，多数人都明智地撤出这凄凉的一幕。两人转过街角，溜达到书店门口，埃迪斯落在后头，有一眼没一眼地看着书店橱窗里的书，居然有一本是自己的大作《午夜阳光》，是平装本，摆在那里是那样的不起眼，这可是我最成功的一部书啊！一想到自己有生之年还要一部接一部写下去，埃迪斯心底不禁泛起<u>丝丝</u>寒意。

"埃迪斯，"莫妮卡轻声示意，"别过去。"

埃迪斯微微一惊，抬起头，看到了普西太太和詹妮弗正手挽着手，从远处一家店铺走出来。一位店员跟在身后，手里捧着三只华丽的特制包装袋，其精美程度同袋子里的东西相比也不遑多让。店员跟在普西太太母女身后,向汽车的方向走去。莫妮卡看到,车正朝着普西太太母女俩缓缓驶去,司机停稳车,从驾驶座上下来,穿过街道,同普西太太说了句什么,然后接过普西太太手中的包,回到车上。不消说,大买一番后,普西太太力也足了,气也顺了,老远就能看到她笑逐颜开,使劲儿点头,不过听不到她都说了些什么。埃迪斯和莫妮卡几乎凭直觉不约而同退入书店旁的小巷中,希望自己没有被那母女俩看到。过了一两分钟,两人终于明白,普西太太正跟人谈得起劲,身边的其他人根本就不会出现在她的视线之中。两人几乎同时看了出来,交换了个眼神,既似乎如释重负,又似乎无可奈何,一切都交织在那转瞬即逝的目光之中。

莫妮卡说道:"要想回酒店的话,咱俩要么就上去跟她打个招呼,要么从她面前走过去,再就是跟在她屁股后头。"

"你不是说去做头发吗?"埃迪斯问道。

"都在一条路上,你要回酒店,就得先经过美发店。"

"其实,我也不是特别想回酒店。"埃迪斯说道,心中隐隐感到几分不快,或许是酒店造成的,也或许是酒店背后的什么。

"那样的话,不如再回去喝两杯咖啡吧。"

两人掉头,走过铺着石子路面的狭窄街道,如果刚才两人还亲如姐妹,这会儿已经有点儿相互厌恶了,都在内心里发出一声长叹,一天就这样浪费了。埃迪斯暗想,今天就不该出来,就该待在酒店里写些东西。写东西至少还有些收获,现在这样漫无目的地瞎逛有什么意义,又有什么好处?不过就一天,我既没有什么重任要完成,也不会让任何人失望。其实,这样过上一天也挺舒服,埃迪斯心情沉重地想着,跟着莫妮卡的步伐,再次向哈芬尼格咖啡馆走去。一走进咖啡馆,浓郁的咖啡香味和糖的味道就扑鼻而来。和往常一样,此时咖啡馆里已坐满了顾客,谈话声一片,大多是女性,个个身强体壮,衣服一尘不染,言谈举止中能看出良好的教养。

"是不是有点儿让你想家了?"莫妮卡问道。她有点儿不高兴,因为几乎所有的女侍应都在忙着招待那些本地顾客,把她给冷落到了一边。每当遭到冷落,莫妮卡脸上就露出不悦的神情,这会儿她忙着把琪琪放到一张空椅子上,其实心里巴不得有什么人走上前来,提点抗议什么的,把这张椅子搬走。

两个身处异国他乡的女人仿佛是茫茫大海中的孤岛,现如今,旅游季节已经结束,这两人还赖着不走,显然是搞错了时间。如今,这两人对于小城的居民来说已经无关紧要,谁也不会把她俩放在心上,更不会把她俩奉为上宾。天秤已移动,小城已准备进入长长的冬眠期,不想为外人打扰。没人会冬天来这儿,天气太阴太冷,降雪太频太密,娱乐太稀太少,哪儿会吸引到游客?埃迪斯和莫妮卡觉得,小城的居民向她俩掉转过身形,仿佛在说:你俩不过是匆匆过客,根本就与现实脱了节。莫妮卡终于叫上了咖啡,两人又闷闷不乐地等了十分钟,才有一个手忙脚乱的侍应想起,这儿还有一桌客人没上咖啡。

"想家了。"埃迪斯终于开了口。"是啊。"她想起自己那幢小屋,仿佛它存在于另外一个世界,属于另外一段人生,她仿佛觉得，自己再也回不去了。自打离开那儿之后，季节已更迭，如今再也不能大清早坐在床上，让和暖的阳光洒落在自己肩头，心里跃跃欲试，等不及要开始一天的工作。阳光已暗淡，自己也已凋零，如今，埃迪斯觉得自己就跟这季节一样，灰扑扑的。她低下头，望着杯中的咖啡，眼睛一阵刺痛，一个劲儿对自己说，不过是杯中升起的热气，可这种日子再也熬不下去了。

"天哪，"莫妮卡大叫，"又来了，咱俩可真交了好运。"

埃迪斯抬起头，沿着莫妮卡目光的方向，向门口望去，看到了普西太太。老太太一只手挎着内维尔的胳膊，谈笑风生；詹妮弗则正在交涉，看能不能找到张位置好的桌子。那张桌子上原本坐了位上了岁数的先生，正打算点上根香烟，这会儿却改变了主意，拾起身边的公文包和购物袋，走到柜台付了账，然后套上外套，戴上帽子。出门前，他向詹妮弗举了举头上的帽子，詹妮弗则浅浅一笑，那一刻，埃迪斯注意到，詹妮弗脸上的神情同她妈妈简直一模一样。

埃迪斯和莫妮卡耸着背，躲躲闪闪，等着普西太太无可逃避的召唤。奇怪的是，那一刻却没有到来。几分钟后，两人的目光停留在普西太太和内维尔身上，耳中听到一阵爽朗的笑声，至少普西太太在笑。詹妮弗正在向普西太太和内维尔先生讲一桩趣闻逸事，内维尔的脑袋向詹妮弗的方向微微倾斜，听得津津有味。埃迪斯注意到，内维尔一直没开口，到了宣叙部分，就轮到普西太太登场了。

莫妮卡说道："咱俩看来可以动一动了。"

莫妮卡似乎有心事,埃迪斯轻叹一声,叫侍应买单。两人沉默不语,等着侍应送上账单,付了账,然后小心翼翼地起身,向门口走去。

两人侧着身,想从普西太太的桌前溜过去,可没想到普西太太一声大叫:"哈,这两个丫头原来在这儿。"两人停下脚步,心里很是尴尬,可脸上还要强打着笑容。内维尔和詹妮弗也以笑脸相迎。

"你俩一整天都在忙什么?"普西太太问道。

"休息休息,"埃迪斯答道,口吻颇为迟疑,"感觉好一点儿了吗?"从远处望去,普西太太的面容似乎容光焕发,可走到近前,埃迪斯才留意到,这张脸有点儿涣散的感觉,颧骨上的玫瑰红比平时更艳了点儿,蓝色的眼影比平时更深了点儿,嘴唇的抖动也似乎比平时更厉害了点儿。不过,那股精神头还在,不放弃,不屈服,不让步,不落伍,不拖后。埃迪斯暗想,这位普西太太,还真得佩服她,看来,她会比我们哪个都要活得长久。埃迪斯心里这样想,嘴上却说:"感觉好点儿了吗?"

普西太太垂下目光,接着又向上抬起,说道:"好多了,亲爱的,全靠我身边这两个宝贝儿,我又找到自己了。不过……"

"真得走了,"莫妮卡插了进来,"约了人做头发。埃迪斯,你一起来吗?"

埃迪斯一言不发,面对着普西太太和内维尔扬起的脸,做出一系列表情,仿佛在说,很忙,抱歉,再见。

埃迪斯自己都不清楚是怎么回酒店的,只记得湖上又起了雾,又冷又湿,自己冻得发抖。回到自己的房间,埃迪斯扭开热水龙头,直到整间盥洗间里热气弥漫,用力刷了刷头发,然后任它飘散在肩头。埃迪斯注视着梳妆镜中自己那张冻得发红的脸,然后走到衣橱前,取出一条崭新的蓝色丝绸长裙,就是莫妮卡一定要她买的那条,一次还没穿过。接着,埃迪斯又取出一瓶香水,走进盥洗室,把整瓶香水都倒在浴缸中的热水之中。热度、反叛,再加上一点点奢侈,对她的相貌有好处。最后,她仿佛脱胎换骨,成了另外一个人,坐在小桌前,拧开笔盖。埃迪斯写道:

我最最亲爱的戴维:

刚提起笔,埃迪斯又提醒自己,晚饭前不能动笔,一动了笔,就不知道什么时候才能停。埃迪斯在房中走来走去,不愿离开寂静的房间,投入到谈笑风生的夜晚之中。最后,她叹口气,拿起手提袋和钥匙,走下楼梯。

沙龙里,普西太太身穿一件黑色薄丝绸长裙,看上去面色红润,精神饱满。和往常一样,詹妮弗陪在普西太太身边。钢琴师一边翻弄着乐谱,一边望着普西太太,似乎正在征询她的意见,普西太太微微摆摆手,轻轻摇摇头,仿佛在说,今晚我有别的事儿。钢琴师泄了气,开始弹起平时的老套路,无精打采,没有一丝热情。博纳伊太太摇摇晃晃地走了进来,停了一下,然后走到普西太太身边,扯着粗哑的嗓子大声说:"感觉好点儿了吗?"普西太太脸上挤出一丝倦怠的笑容,扬了扬手中一尘不染的手绢，没有出声。博纳伊太太似乎有点儿不高兴，可也只有那么一会儿，她早已习惯于被别人忽视，微微一耸肩，转过身去。"宠坏了。"老太太仿佛是在自言自语，其实是说给在场所有人听的。内维尔坐在沙发的远角，一双脚交叠着，脑袋藏在一份竖起的报纸后面。埃迪斯高高仰起头，向内维尔走去。

"是埃迪斯啊，"普西太太叫了起来，语气和平日里一样活泼轻快，"你头发怎么了？过来，亲爱的，和我们一起坐，让我好好看看。"

埃迪斯只得回到自己常坐的位置上，普西太太一根手指托着下巴，凝望着埃迪斯，目光中充满疑问。

"嗯，与众不同，"普西太太终于开口说道，"不过，我还是喜欢你的老样子。詹妮弗，你怎么看？"

詹妮弗一直在盯着自己的指甲，听到妈妈的声音，抬起头，微微一笑，意思却很含糊。"不错，"她说道，"不算赖。"

"我还是喜欢埃迪斯的老样子。"普西太太说道。说完，她把脑袋偏向一边，一直在度量着埃迪斯，看她到底出了什么问题。

# 第十一章

　　埃迪斯有些后悔,自己当初怎么会接受内维尔的邀请?可转念一想,跟莫妮卡无所事事地混了一天后,内维尔的邀请还是挺诱人的。内维尔这个人不单穿着上一丝不苟,更有着一股颇为强大的意志力,要想说服他放弃自己的目标,恐怕不是件容易事儿。

埃迪斯抓住内维尔伸出的手，小心翼翼地迈出脚，空气寒凉如水，身子不禁一阵微微颤抖。栈台上空无一人，以眼下的满目凄凉，又怎能吸引到游客到湖上观光？再说了，酒店里剩下的客人也就那么几个。实际上，这将是游艇本季最后一次出湖，内维尔也是以此为理由，把埃迪斯拉上了游艇。他似乎就喜欢跟自己过不去，干些有悖常规的事儿，似乎可寻得新鲜刺激，也可以冷嘲热讽一番。虽说旅途短暂，内维尔还是穿得一丝不苟，这人可真没救了。游艇上还有两位美国女游客，穿着厚裤子，脚上套着塑料雨鞋，盯着这位身穿绿呢西服，头戴猎鹿帽的英国绅士。甲板上空无一人，游艇静悄悄地滑离岸边，驶向灰蒙蒙的水汽之中，举目四望，四周大雾弥漫，水光接天。埃迪斯只觉得，船上似乎再没有其他人。

内维尔选了个好位置，扶着身前的扶手，游艇引擎传来稳定的震动，埃迪斯的身体也融入这一节奏之中，和引擎一起震动。埃迪斯扭过头，不去看身后苍凉的景象，努力把目光集中到载着她前行的船身之上，可与世隔绝的感觉还是从心底翻涌而起，她感到，自己不单离开了陆地，整个人都陷入了一片朦胧之中，浩浩然，飘飘然，仿佛随时都会随风飘去。自己只是个弱女子，又哪里能找到一条逃出去的生路？一想到此，埃迪斯只觉得自己心里堵得慌。真不明白，干吗不待在酒店里，安安静静地写上一整天？其实，她也知道，一想到一整天除了写还是写，再没有其他事儿可做，自己就忍不住要作呕。这种地方几乎没有什么事儿能分分神，打个盹，过不了多久就会闷得发慌。谁说魔鬼会让无所事事、游手好闲的人干活吃苦？才不是呢！魔鬼也是个爱凑热闹的家伙，他老人家足迹所过之处，必然布满闪闪发光的玩意儿，诱得你走神分心，空中飘散着诺言，没有一句是真的，却又不由你不信以为真。还有各式各样的诱惑，让你做出令自个儿蒙羞受辱的行为。可实际上，人们要么积劳成疾，要么无事可做，心里偏偏又有几分不甘。除此之外，还有选择的余地吗？看来，要尽到自己的义务，魔鬼也是指望不上的。

"怎么了？"内维尔挎起埃迪斯的胳膊，问道。

"没什么，"埃迪斯答道，"就是在想，这年头，连恶习也少得可怜。大家都觉得自己可以自由选择，可实际上根本没什么选择的余地。"

"跟我到甲板上走走，"内维尔说道，"你在发抖，这件羊毛衫不够暖和，我看不如干脆脱了吧。谁说你像伍尔芙？肯定是在咒你，就你自个儿还以为人家是在夸你呢。至于恶习，只要你知道上哪儿去找，就能找到大把。"

"我好像从来都找不到。"埃迪斯答道。

"那是因为你没有全身心投入，记得吗？我不是说过，要改变这一切。"

"真不知道怎样才能改变,"埃迪斯说道,"如果说,只要扔掉羊毛衫就能改变一切,我想说,我在家里还有一件一模一样的。当然,那件也可以扔掉,可如果突飞猛进就意味着扔掉羊毛衫,那也太无趣了。"

"你说得没错。"内维尔答道。

内维尔用自己的手紧紧抓着埃迪斯的手,牵着她向前走。"再走一圈,"内维尔说道,"再走一圈,你的脸色就能好起来。到外面吹吹风,对你只有好处,没有坏处,脸色苍白的女人一有机会就应该到外面走走,决不能一天到晚赖在屋里,迟早整张脸都褪了色。出点儿力,埃迪斯,等你感到暖和一点儿,你就会身心放松,乐在其中了。对,这样就好多了,可干吗总绷着脸?这条船还算是不错的。"

埃迪斯的目光眺望着无边无际的湖水,目光所及之处,尽是一片灰色。游艇静悄悄地向前行驶着,走得不紧不慢。这会儿,埃迪斯已习惯了引擎的震动和噪音,开始能听到其他声音:脚下,湖水冲刷着游艇船身两侧;一只海鸥一样的鸟从甲板上方振翅飞过,翅膀发出破风之音;身上薄薄的裙摆在风中不停敲打着自己的双腿,发出啪啪的声音。感觉不到风,只感到船身稳定前行时带来的冲力,却感觉不到船在前行。水雾之后的远空中能看到一轮淡白色的日头,向水面上投下暗淡的白光。游艇将在乌契靠岸,埃迪斯和内维尔也将在那儿上岸,吃午饭,下午再上船返回。埃迪斯总觉得,这趟旅途太沉重了,无论如何也没法把它同出门散心联系起来。湖面空荡荡,阳光时有时无,船走得慢慢吞吞,船上的乘客如在梦中，所有这一切带来一种寓言一般的味道。埃迪斯懂得，画家常用船的形象来象征心灵，有时，那颗心告别熟悉的岸线，驶向未知的水域。那是什么样的水域？可能是死亡，就算不是死亡，也断然不是人人都想去的地方。愚人船、运奴船、船难、风暴，这种种形象，哪怕不是出自大师之手笔，也能勾起潜藏在人心深处的恐惧，折磨人的神经，打破内心的平衡。那些形象的目的原本就在于此。想着想着，埃迪斯再一次感到难受不安，感到自己无家可归，随水飘零。

埃迪斯有些后悔，自己当初怎么会接受内维尔的邀请？可转念一想，跟莫妮卡无所事事地混了一天后，内维尔的邀请还是挺诱人的。内维尔这个人不单穿着上一丝不苟，更有着一股颇为强大的意志力，要想说服他放弃自己的目标，恐怕不是件容易事儿。这趟出行既乏味，又不合时节，埃迪斯感到简直倒胃口，她原本想出去远足，散散步，这才适合她，虽然上次远足内维尔说了不少疯话，可他也因此在埃迪斯心中有了些分量。可内维尔偏偏把自己拖上这条空荡荡的倒霉船，一上船，就再也无路可逃了。埃迪斯似乎已看到这条船像神话传说中那些船一样，漫无目的地漂浮在水上，漂入越来越浓的迷雾之中。岸上，真实的人们各自忙着自个儿的活计，谁也不会朝这条船多看一眼。埃迪斯觉得，这条船已超出了正常的存在，简直就是幽灵。她紧紧拉住内维尔的胳膊，虽然这个人有点儿神秘莫测，至少还属于看得见、摸得着的现实。

内维尔始终一言不发，埃迪斯的心情渐渐平静下来，平静中又感到悲从中来，不可断绝。前方，乌契的码头越来越清晰，埃迪斯深深吸了一口气，终于放开一直紧紧扯着内维尔衣袖的手。

"说真的，身边这么多侍应，这么多酒瓶，这么多百万富翁，自己挺高兴的。"埃迪斯说道。"我猜，这些人都是百万富翁吧。"

"他们就想你这么猜。不少人认为钱会说话，若真是如此，此刻它的嗓门儿还真不小。"

内维尔把埃迪斯领到一张餐桌旁，头顶上有横条遮阳棚。刚一落座，就有一位侍应殷勤地递过菜单，内维尔接过菜单，翻看起来，说："我要是你，就来点儿鸭肉。"

埃迪斯没理睬内维尔，说道："恐怕自己刚才有点儿失态，仿佛觉得，咱俩回不去了。"

"回去就那么重要？"内维尔问道，"对不起，我的话可能有点儿失礼，请原谅。可能你是无心，埃迪斯，可你实在懂得怎么叫男人不舒服。"

埃迪斯浅浅一笑，说道："这算是恭维我吗？"

内维尔向埃迪斯投来冷冷的目光，说道："我觉得，只有不上档次的女人才会这么说，你有点儿神不守舍，算了，不说了。你用不着故作姿态扮天真，还说什么'算是恭维我吗'，我希望你不会变成那种靠在桌子上，双手托着下巴，还问'你在想什么'的女人。"

"好了，好了，"埃迪斯说道，语气突然开朗了起来，"我到这儿来可不是让人横挑眉毛竖挑眼的，我是来享受的。"

"你会发现，二者其实并不冲突。"内维尔脸上又挂起一丝难以捉摸的笑容。接下来,内维尔点了份丰盛的午餐,鸭肉端了上来,看到埃迪斯面色红润了,表情也开朗了,内维尔也很开心。吃鸭内维尔是老手,餐刀只切了几下,肉已削了下来,动作既精准又熟练。鸭肉下肚,内维尔身子后仰,点上一根雪茄。天空中显出暗淡的日头,投下微弱的光线。埃迪斯坐在位子上,一动不动,仰起脸,心想,终于可以悠闲会儿了。

"说到回去,"内维尔说道,"你有什么想法?我不是说回酒店,肯定要回去,我是说回到往日的生活之中。也就是随便一问,因为我自己本周末一定要回去了。"

埃迪斯收起笑容,家总是要回的,无可避免,可她现在还不想想这个问题,还不想做出什么决定。这段短暂的插曲虽然令她不自在,可至少可以不去想将来会怎样。此时此刻,身处这家宜人的露天餐厅,坐在铺着石子地面的露台上,身边还陪着这位无论性格和感受都堪称超群的先生,埃迪斯感到内心一片安宁,只想把一切深思熟虑都暂时抛到脑后。

内维尔把椅子微微向后仰,注视着埃迪斯的面庞。"让我猜猜看,"内维尔缓和地说道,"看看我能不能猜出你的生活。你住在伦敦,收入不错,时常参加各种聚会,什么餐会啊、酒会啊,还有作家联谊会,可你并不喜欢。大家看到你都挺高兴,可你却没有真正交心的朋友。你一个人回家,对自己的家很是在意,你有过情人,可能不止一个,但和自己身边的朋友相比,就是小巫见大巫了。当然,大家都以为你没有,还为你而担心,你自己也知道。你的生活有着不为人知的另一面,表面上看,你似乎不受任何诱惑，可你的内心并非如此。"

埃迪斯一动不动地坐着。

"当然，你可以说，这关你什么事儿？我只会说，这一切我都不会放在心上，只要不影响到我的计划，我都不会放在心上。无论咱俩能有什么样的计划，都必须同过去一刀两断。"

"计划？"埃迪斯不禁重复着这个词。

内维尔身子前倾，双手放到了桌面上，突然间，他似乎年轻了许多，情绪也激动了起来。很容易把他看成一个五十多岁的富翁，生活讲究，做事仔细，日子过得闲适，颇有些魅力，却总让人感到不温不火，缺了点儿热力。这种人最看重自己的生活方式，爱好会逐渐变成排遣苦闷的嗜好。譬如说，收集铜板蚀刻画；又譬如说，在自己家族的宗谱上追根溯源。这种人家里肯定有间漂亮的图书室，除了那儿，也很难想象他会待在哪儿了。

"我觉得，你应该嫁给我。"内维尔说道。

埃迪斯双目圆睁，紧盯着内维尔，简直不敢相信自己的耳朵。

"让我解释一下。"内维尔迅速说道，竭力控制住自己的情绪，让自己镇定下来。"我可不是追求浪漫的小伙子了，我这个人实际上非常挑剔，我有一幢古宅，是皇家哥特风格的建筑，堪称精品。我还喜欢收集中国粉彩碟子，藏品不少，也小有名气。我想，你肯定喜欢漂亮的东西。"

"你错了，"埃迪斯说道，"我这人从来就不喜欢东西。"

"我在海外有许多产业，"内维尔接着说道，"我喜欢享受，每年有一段时间不在家。我那宅子空空荡荡，我不在的时候，有对夫妇住进去帮我看家，我也不大想回去。你绝对适合做这幢宅子的女主人。"

两人间静得可怕。埃迪斯的眼睛紧紧盯住压在烟灰缸下的菜单，一阵风吹来，菜单吹得哗哗直响。再度开口时，埃迪斯觉得自己的声音有些发抖。

"你简直就是在介绍一份儿工作，还希望我去应聘。"埃迪斯说道，说完摇摇头，一言不发。

内维尔说道："知道吗，我再也不能出丑了，我老婆跑了，我成了众人的笑柄，原以为只要保持尊严，就能熬过去，可尊严管个屁用！恰恰相反，人家就想看你笑话，看你摔倒再也爬不起来。不过那都是过去的事儿了，现在我需要一位妻子，一位能让我放心的妻子，可要找到这样一位妻子并不容易。"

"你觉得，我比较容易得手？"埃迪斯问道。

内维尔说道："我一直在观察你，也试着同那几个女人谈起你。你孤苦无依，要不是有我在一旁督促你，让你知道爱自己，你恐怕永远也学不会，就算能学会也太晚了，到时候就只剩下酸楚和悔恨了。每当你想到自己孤身一人时，脸上就会写满哀伤，人生就像是一场流放，无论是这里还是那里，哪里都一样。"

"你为什么会认为，我无可救药呢？"埃迪斯问道。

"你是位淑女，可能你自己也留意到了，这年头淑女不吃香了。要是成为我的夫人，你可以做得很好；可要是再不嫁人，过不了多久，人人都会把你当成傻瓜了。"

埃迪斯悲哀地凝望着内维尔，问道："在你那幢漂亮的老宅子里，我又能做什么呢？我是说你不在家的时候。"埃迪斯一边说，一边想，其实，就算你在家，我又能做什么，不过忍住没说出口。

内维尔说道："无论你现在怎么样，将来只会更好。如果你愿意，可以继续写小说，实际上，到那时候你写的小说肯定会很棒，棒到超出你的想象。嗯，埃迪斯·内维尔，这个名字对一名作家来说实在太配了。你会有社会地位，也需要有；你会建立起信心，学会心思缜密；你配我再合适不过，你自己也会感到心满意足。你这种女人不会让男人烦心，更不会犯花痴，以为自己永远是花边新闻的中心，欲望追逐的目标，不会整天吹嘘让多少男人拜倒在你的石榴裙下，更不会以为只要迷住自己的朋友，跟她们的丈夫眉来眼去，勾三搭四，就能要风得风，要雨得雨。"

"那种女人不单男人烦，女人也烦。"埃迪斯说道。

"不对，"内维尔答道，"大多数女人就是那样。"

埃迪斯抬起头，望着内维尔，说道："我觉得，男人不是就喜欢那种女人吗？我还以为男人都鄙视波澜不惊的家庭生活呢。"

"有时候，确实如此。"内维尔答道。"男人觉得猎物要是不够狡猾，太容易得手，也就没什么意思了。他们喜欢追逐猎物时的危险感，更喜欢战胜对手，把猎物据为己有时的感觉。就是这么回事儿，把别的男人打趴下，可等到别的男人站起身，向他反击时，他才会意识到，自己其实并没有那么强壮，与猎物的关系也没有那么牢靠，甚至可以说有点儿令人疲倦。一旦给这种事儿缠上，就什么也干不了。"

"你觉得我就没人要了，看来你又在夸我了。"

"我是在夸你,以为你知道水性杨花和忠贞不贰的区别;以为你永远不会做出那些让人飞短流长,让男人脸上无光的蠢事儿;以为你不会羞辱我,奚落我,让我的内心再度受伤。知道吗,要一个男人亲口承认受到过那种伤害,该有多难!决不能让那种事儿再发生第二次了。"

"早些日子,你不是还在鼓吹什么自私至上论吗?对了,你用的字眼是'自我中心',那又怎么解释?"埃迪斯问道。

"非常容易解释,我并没有要你为了爱而放弃一切,只不过要你看清自己的利益之所在。有些东西可能你自己已经在怀疑了,我不过是把话挑明了:谦恭和温顺是一手烂牌。我提议,建立一种开明的合作关系,当然,你可以说,这是一种建立在相互尊重基础上的合作关系。顺便说一句,这种合作关系现在也不时兴了。要是你想找位情人,那也是你自个儿的事儿,只要不闹出什么丑闻就好。"

"如果你……"

"当然,我也一样。对我来说,这不过是小事一桩,我不会告诉你,你也犯不着多心。我俩的结合是建立在共同利益的基础之上,最为真实可靠。对我而言,这才是最重要的,对你也同样重要。想想看,在你循规蹈矩的一生中,你就没想过要报复一下吗?面对那些粗鲁无礼的人,自己还总要彬彬有礼,你就不觉得烦吗?"

埃迪斯低下头。

"当然,你也能招待自己的朋友。"内维尔继续说下去。"你会发现，大家会对你另眼相看，还是回到我过去说的老话上，你尽可以发挥自己，想多疯狂就有多疯狂，你越是疯狂，众人就越是欢喜，这世界就是如此。你会得到尊敬，别人跟你在一起会感到开心。现在，埃迪斯，你太孤独了。"

埃迪斯沉默了一会儿，然后说道："天转凉了，现在上船吗？"

游艇上来了一群学童，岁数很小，有些孩子的头才刚刚与护栏齐平。孩子们并没有吵吵嚷嚷，你追我打，船一开，老师就把所有孩子召集到有玻璃保护的观景台上，好像在上什么课。孩子们乖巧地跟了过去，一个接一个，甲板上又只剩下埃迪斯和内维尔两个人。

此时比来时更冷，午后的时光正在走向尽头，起了一点风，预示着晚上风会更大，更冷，仿佛一下子到了冬天。埃迪斯仿佛看见了自己的屋子，门窗紧闭，黑灯瞎火，家具上落满灰尘，门口的脚垫上撒满没拆开的信件，窗户上的玻璃成了大花脸。屋里没有新鲜空气，窗帘上黏附着食物腐败的气味，看来久已没人打理了。电话成了摆设，她自己也被遗忘了，那几个冒冒失失的小秘书总也联系不上她，干脆把她的名字从作家联谊会的邀请名单上划去。她的经纪人，好心肠的哈罗德，轻轻摇摇头，把埃迪斯这个名字一笔勾销。戴维又怎么样了？要是自己回去，他会有什么样的感受？会欢迎自己吗？自己能够忍受得住？要是他也消失了，又要上哪儿去找到他？自己消失的这段时间，什么事儿都可能发生：或许，他度假去了；或许，他病了；或许，他已不在人世。也说不定，他还和往日一样，没有发生什么变化。风撕扯着埃迪斯的头发，埃迪斯痛苦地把手一挥，把头发从发卡中释放出来，任由它被风吹散，遮住大半边脸。真是这样吗？埃迪斯心里想着，我真是那样一个一心一意、平淡如水的女人吗？他对我的兴趣已耗尽了吗？是不是就因为自己为人低调，处处小心，戴维才能放宽心，受了他那个一肚子鬼主意，又处处咄咄逼人的老婆的气后，可以到自己这儿找回几分宁静，又不必担心走漏风声，搞出事儿来。自己对戴维来说是不是仅仅是一段插曲，虽然也可能很动听，他会不会以为，自己的为人比外表要实际得多？他会不会认为，我也同他一样，只会为自己着想？

"埃迪斯，"内维尔说道，"别哭，求你了。我一看见女人哭就受不了，想狠狠扇她一巴掌。求你了。给你手绢，这儿，让我帮你擦擦眼泪。知道吗，你的眼睛简直像银子一样白。来，上这儿。"

埃迪斯第一次偎依在内维尔身上，放声痛哭，直到自己都哭累了。她闭上双眼，依靠在内维尔的肩头，感到内维尔的双手拥着自己。

"你太瘦了，"内维尔说道，"真怕自己会把你折成两半。这种事儿以后再烦也不迟。"

埃迪斯终于直起身，双手扶着护栏，放眼望去，已是迟暮时分，午后的余晖正不知不觉地转暗，渐渐转入黑夜。对面岸上有灯光闪动，那是杜兰葛山庄的灯光。这一刻，那灯光也显得亲切起来。

埃迪斯和内维尔凭栏而立，默然不语。码头上的栈桥渐渐映入眼帘，内维尔转身朝向埃迪斯，埃迪斯却举起手，示意他别出声。孩子们丝毫没有受到这两个成年人之间紧张气氛的影响，在老师的带领下一个接一个上了岸，栈桥的木板上传来吧嗒吧嗒的脚步声。埃迪斯和内维尔依旧静立在护栏边，面朝着湖岸。

长长的沉默之后，埃迪斯终于开了口："你的意思是，我住到你家老宅去，皇家哥特风格，还是精品，还有粉彩瓷碟。看来，我就要飞黄腾达了，摆脱现在的人生，就好像魔法师挥了下手中的魔杖。我会变得心细如发，悠闲自得，言行谨慎，又通晓俗务，还要为你带来家的安宁，保证你的情感不再受到伤害，对不对？"

"不单是我的，"内维尔说道，"还有你的。"

"我并不爱你，你就一点儿不介意吗？"

"才不会呢，反而让我心安。我不想让你背上感情的包袱，咱俩的一切根本不需要什么浪漫。"

埃迪斯转过脸，盯着内维尔，头发在风中时起时伏，目光冷峻。

"你也不爱我，是吗？"

内维尔笑了，笑容惨淡，却一点儿不含糊。"是的，我不爱你，但你能让我放下戒备，让我动了心。我原以为自己再也不会为女人动心了，那根神经我原以为已经麻木了，可看到你，它又跳动起来。我会尽全力让它再度麻木，不管怎么说，我可不想偏离自己的中心。该下船了，把手给我，埃迪斯。"

两人手牵着手，默默地走上栈桥湿漉漉的木板，又走上岸边的碎石小道。已是薄暮时分，雾又起了，路边的灯光一片朦胧，四下静悄悄的。傍晚时分，街道上的车辆本就不多，此刻更几乎是空荡荡的，一股寒气从湖底升起，追上两人的脚步。

"我还要考虑考虑。"埃迪斯终于开了口。

"请不要拖太长,我可不想一而再,再而三地向你求婚。最好咱俩能周末一起走,你可要抓紧了。"

埃迪斯抬起头,瞟了内维尔一眼,为他语气中的开朗所惊讶。似乎,内维尔的自尊已修补好了,看到身边这位恢复得如此神速,埃迪斯不禁也感到精神为之一振。

"能再问你一个问题吗?"埃迪斯问道。

"当然可以。"

"为什么选中我?"

内维尔的嘴角又挂起难以捉摸的笑容,既殷切,又带点儿讽刺,说道:"或许,因为你这条鱼更难上钩。"

# 第十二章

"这次不会再闹上次的笑话了。内维尔向我保证,在他的引导下,我会变得信心十足,活力四射。总之,过去别的女人身上令我羡慕的东西,我都会拥有,就像你太太一样。要说咱俩是你情我愿有点儿滑稽,其实是我比你更情愿。从头到尾,我都比你更情愿。我全部的爱都给了你,直到永远。"

冲完澡，换好衣服，再度把头发固定好，埃迪斯坐在房间里，等着到时间下楼吃饭。埃迪斯觉得，自己再也受不了这间客房了，也可能，是这间客房再也受不了她。不管怎么说，结果已经有了。可话又说回来，人们干吗要度假？不就是为了找些遗憾吗？如今，自己在这间客房中感到孤苦伶仃，可将来，每当自己回想起这段日子，心头还是会涌起丝丝暖意。这间默默无闻、尊严渐渐耗尽的客房，或许正象征着自己身上那最后一分尊严，然后，连那最后一分尊严也将在疯狂、冒险和冰冷理性的重压下化为齑粉。

　　正是理性的冰冷在折磨着埃迪斯的内心，她冷不丁站起身来，走到窗边，一把扯开窗帘，可窗外除了黑暗还是黑暗，偶尔传来轮胎压过地面的声音，除此之外一片沉寂。天更糟了，浓雾已凝结成凄风冷雨，无声飘落，久久以来挥之不去的湿气终于在自然中找到一种办法来表达自己。埃迪斯原本还打算坐在小小的阳台上，就着那张绿铁皮桌写点儿东西，看来计划要泡汤了。或许，这本还没有动笔的小说从一开始就注定要胎死腹中，埃迪斯想，自己过去不也曾经仅凭意志力写下去，一直写到自己接受命运的安排吗？这药方原本百试不爽，怎么这次就不灵了呢？此刻，写小说像是忏悔者贴身穿的羊毛内衣，自己也变得像忏悔者一样，在天主面前五体投地，祈求天主的宽恕和恩赐。或许，我已经倦透了，不想再试了，不想再付出努力了，不也舒坦得很吗？埃迪斯把手放在字迹工整的稿纸上，仿佛在告别，然后把稿纸夹进文件夹，再把文件夹压到旅行箱的最底下。

埃迪斯被自己的举动吓了一跳，仿佛自己虽然没有有意识地做出任何决定，可计划已经一切就位了。她开始叠起衣物，放进旅行箱，此时，她明白，自己已接受了一切安排。埃迪斯的动作越来越快，收完衣物，又开始收拾起鞋子、书籍、香水瓶。最后，没有装箱的就只剩下睡裙、梳子，还有就是她身上穿的衣服。再没有什么可做了，这间客房又变得冷漠起来，只等着下一个旅游季节开始时，迎来另一位客人入住。埃迪斯掩上门，下了楼梯，向沙龙的方向走去。

沙龙也是静悄悄的，仿佛大家都已做出了决定，是时候离去了。钢琴师本季的合约已经到期了，即将返回他的冬季职业——给学校学生做补习老师。胡伯先生扫视着空空如也的沙龙，目光中不无几分遗憾。一直以来，他孜孜以求，把自己的酒店装扮得金碧辉煌，希望营造出宾主同欢、其乐融融的气氛。有哪个开酒店的不抱着这样的理想呢？可到头来，还是差了那么一点儿。他感到自己的关节一阵酸痛，预示着冬天就要来了，酒店一歇业，他就和女儿、女婿一起到西班牙的别墅去过冬，整天懒洋洋地晒晒太阳，再也不用睁大眼、竖直耳朵，观察周围人的一举一动了。可一旦自己成了客人，他反倒觉得别扭。再过一个星期，酒店就要歇业了，博纳伊太太会被她儿子送到冬季落脚点去，在洛桑一所教会开办的养老院。那位爱狗女士要回家去了，一看她那张迷人的脸蛋儿，就知道她内心有多么不安。他对普西太太母女的感情最深，这母女俩会雇个司机去日内瓦，然后上飞机。两人的行李肯定超重，不用说，又要交一大笔超重费。不过，他倒宁愿想象着这母女俩一离开自己的酒店，就回到伦敦舒舒服服的寓所中。普西太太可真是个富有魅力的女人，不过女儿平凡了点儿，母女俩会与他互寄卡片，他们彼此之间的联系从来就没有中断过，等到明年，母女俩铁定又会出现在酒店。至于剩下的那两个客人，胡伯先生兴趣不大，都不是老客，他也清楚，这两人走了就再也不会回来了。

　　酒店员工虽然训练有素，举止得体，此刻也放松了下来，大着胆儿聊起天来，发出不小的声音。阿兰和玛丽冯妮（原来两人是表兄妹）就要去弗里堡了，冬天在玛丽冯妮父亲的餐厅中帮忙。酒店经理和往常一样，一个劲儿劝着自己的泰山大人彻底放手，虽然他也知道，自己是白费口舌，那一天永远不会到来。埃迪斯独自坐在沙龙中，回想着自己刚来时的情景。发生了太多的事儿，不可能样样都让人舒服，回想起来，她觉得自己在那一刻更年轻，更勇敢，更有决心，孤身一人承受起这次放逐，展望着回到家时一切都没有改变。可现在看来，那时的自己简直就是个笑话，也可能只不过是她自己要那样看待。自打住进这家酒店，埃迪斯似乎在人生之中第一次长大成人，变得严肃起来，从此她的任何决定都需要稳重审慎；而在过去，她从来没有想象过自己会变得如此。凭直觉，埃迪斯知道，那是一个属于别人的世界。那个世界中有什么？投资理财、修葺房屋、周末招待客人，诸如此类。埃迪斯觉得，自己对那个世界既没有兴趣，也没有追求。可现如今，她也不得不起脚迈步，跨入那样一个世界。开你的车还是我的？这是戴维对他老婆说的一句话，埃迪斯无意中听到，虽然普普通通，对埃迪斯来说却仿佛具有图腾象征般的力量，带来一连串联想，表明那两个人都已是成人。这对夫妇年纪轻轻就品尝到成年的快乐，天不怕地不怕，集万千宠爱于一身，两人思维敏捷，魅力四射，洋溢着活力，什么都不放在心上，一旦遇到严肃、刻板或者让人沮丧的人或事，立马就会露出不耐烦的神色。和这对夫妇，或者像他俩这类人在一起，要看清他们的内心深处恐怕不是件容易事儿，可埃迪斯却看清了。这么多年来，埃迪斯在沉默和谨慎中送走了自己的青春岁月，为了避开失望和挫折，她学会了不提任何要求。她看穿了那类人的内心世界，此刻，她陷入沉思之中，当她觉醒之时，就会把那类人，连同他们的内心世界，一起抛到九霄云外。

　　埃迪斯抬起头，看到远处的柱子旁有一团黑影，定睛一看，是博纳伊太太。看来老太太在那儿已经坐了好一会儿了，双手紧紧握着拐杖，黑色的面纱和长裙上已经落满灰尘，老太太似乎也在为迫在眉睫的搬迁而沉思，不过她要去的地方可不是什么让人羡慕的成人乐园。想到这儿，埃迪斯只觉得心中一痛，这位老太太去的是个什么样的地方？埃迪斯想象着，洛桑，一间阴暗的小屋，饮食和服务都比不上这儿，更别谈体面了。老太太一天到晚能做点儿什么？洛桑的地形过于崎岖，绝非这位老太太所能畅游，就算拄着拐杖也甭想。冬季漫长，不知何时才是尽头。沙龙门口出现了几个侍应的身影，埃迪斯站起身，走到博纳伊太太面前，向她伸出手。老太太脸上浮起一丝笑意，有点儿迷惘，却透着心满意足。就在此时，莫妮卡从门口走了进来，身穿一袭火红色长裙，不单明艳照人，举手投足间更透着轻松愉快。一想到就要回家了，她又恢复了活力和生机，一面走一面喊："等等我。"就这样，一边有一个侍应架着胳膊，拐杖由阿兰捧着，博纳伊太太走进了餐厅，身边还有埃迪斯和莫妮卡做伴儿。老太太的头扬得很高，脸上的神情老于世故，举手投足间显得比周围的一切高出一头。胡伯先生快步赶上来，向老太太打招呼（"到时候了。"莫妮卡不无讥讽地说道）。老太太温情地按了按身边两位年轻女性的手，然后向胡伯先生微微一点头，算是回了礼。一位侍应殷勤地跑上前来，帮老太太把座位挪正，然后老太太就全神贯注地看起了菜单。这顿饭，从头到尾，老太太始终昂首挺胸，更不时向身边的人报以微笑。

饭吃到一半，普西太太也到了，今晚她穿了一身亚麻衣服，做工之精致自不用多说。看到普西太太，埃迪斯的神思又飞驰起来，这位太太可真是个佳人，虽然上了岁数。瞧她那体型，那一头飘散的金发，还有满身的香雾，詹妮弗跟她走在一起，立马就给比下去了。虽然詹妮弗的梳妆打扮也很讲究，可总让人感到有点儿粗糙，没那么精美，她自己展现魅力的热情也没那么高。不用看就知道，胡伯先生立马起身，迎上前去，亲自把这母女俩领到座位上。看着这母女俩，埃迪斯的目光总是兴致盎然，此刻，她发现自己的关注移到了谜一般的詹妮弗身上。詹妮弗似乎一点儿没有感到深秋夜晚的凉意，穿了套既夸张又古怪的衣服，上身是一件蓝色丝绸紧身衫，领口开得很低，下身穿了条白色荷兰灯笼裤，给人的感觉就是个富家少女，正准备上某人的车，出去逍遥快活一晚。不过，这位"少女"总是跟在妈妈身后，亦步亦趋，显然，只要能陪在妈妈身边，看着她谈笑风生，这位"少女"对于社交的欲望也就满足了。有人扬起餐巾，有人往杯中倒酒，有人在切面包，有人一边品尝着浓汤，一边眯缝起眼睛，满脸满足的神色，埃迪斯则始终观察着身边的一切。埃迪斯留意到，餐厅里除了这几位，再也没有其他客人了。除了满足大家旺盛的食欲外，这顿饭实在难当其他重任。

到沙龙喝咖啡的时候，埃迪斯注意到，普西太太对自己有些疏远。或许，自己昨晚和内维尔一起回来时被人瞧见了，大家嘴上不说罢了。不管怎么样，反正自己只是个听众，听着普西太太大谈特谈她的种种计划安排，越扯越远，可就是不让别人插进话来。这位太太可不知道什么叫礼让，什么叫互惠，她所想要的不过是高高在上的感觉。忆往昔，瞧着镜中自己的花容月貌，再瞅瞅身边默不作声、含情脉脉的丈夫，普西太太的这种欲望就得到满足了；可现如今，要满足它，就不得不借助于一些粗暴手段了。普西太太喋喋不休地唠叨着：收拾行装有多头痛，又有多少事儿要事先交代自己的管家去做，比如说派车去希斯罗机场接她和詹妮弗；又比如说那天的晚饭要清淡些，量不能太多，还要送到她的卧室里。当然，倒不是说她的话语本身有什么粗暴的地方。

"每次旅行回来,我整个人都瘫了。"普西太太对埃迪斯说道。

"可你还是去了那么多地方。"埃迪斯答道。

"嗨,都怨我先生。他去哪儿都要带上我,说什么一刻也不能离开我,真是傻得可以的。"

普西太太大笑一声,笑声中充满回忆:"习惯也就成自然了。当然,要没有詹妮弗陪可不行,她也还能忍受我这个老妈。是吗,亲爱的?"

母女俩再度饱含深情地握握手、吻吻面,脸上也挂起灿烂的笑容。然而,埃迪斯却看到,詹妮弗看上去似乎有点儿心事重重,她那什么也不在乎的神情似乎失去了往日的天真与纯洁。不过,与妈妈的爱意交流似乎把她的心事给冲走了。肯定是我多心了,埃迪斯暗想,今晚我的心态不大正常。

"你们打算什么时候走?"埃迪斯问道。

"我俩打算一直住到下周末,要是人家还肯收留我们母女俩。"普西太太说完,又发出一阵轻笑。

"我……"埃迪斯刚开口,就被普西太太打断了。普西太太大声喊道:"啊,那不是菲利普吗?你上哪儿了?你这坏小子,詹妮弗还以为你不理我们了。亲爱的,给菲利普弄点儿热咖啡。你怎么这么晚?"

内维尔应声走来,一脸欣然之色,说道:"打了几个电话,可线路似乎永远是那么繁忙。"

"我猜,肯定是业务上的事儿。"普西太太说道,一边微微点点头,表示理解。"我懂,当年我先生也总是有电话要打,不管我们在哪儿。有几次,我甚至威胁说要把电话给拆了,对他说'别把工作和娱乐搅在一起'。当然,倒不是说我先生把工作放在首位,至少跟我在一起的时候,他从来不会把工作放在首位。"

内维尔微微一笑,说道:"总有些事情要安排。"

"有事儿要安排?听起来你要走了。詹妮弗,菲利普要单飞了,不理我们了。"

詹妮弗把目光从指甲上抬起,浅浅一笑。

"我后天走。"内维尔语气平静地说。

"那我们就要趁你没走,好好抓住你,"普西太太大声说道,"希望你明天不会又失踪了吧,今早我俩等你等了好久,是不是,亲爱的?"

显而易见,埃迪斯想,在答应内维尔之前,自己还要继续做透明人。内维尔说得没错,情况就是如此,也将永远如此,除非我嫁给他。他不就是要我看到这一点吗?好吧,不过,有些事要先做。大家都不出声,埃迪斯看到,自己做出抉择的那一刻终于到来了。

埃迪斯站起身,说道:"请原谅……"

"没关系,埃迪斯,晚安。"

"请别起身。"埃迪斯一边对内维尔说,一边把一只手稳稳地放在内维尔肩上。旁人是否会把她的举动看成是套近乎?她一点儿都不在意。突然之间,她不想再沉默下去。埃迪斯向外走去,感到身后一片沉寂,却又似乎隐藏了千言万语。她想,内维尔这一刻会说什么?今晚剩下的时间,就看他如何不动声色地保守住自己的秘密了。

埃迪斯的步子很轻,却感到很疲惫,上楼梯时,简直像个已走过迢迢长路的旅行者。回到自己那间暗红色的房间,埃迪斯觉得房间里是那样安静,那样肃穆,她坐下,仿佛又陷入流放之中。最后,她走到桌子旁,抽出一张纸,动笔写了起来。

我最最亲爱的戴维:

这将是我寄给你的第一封信,却也是最后一封。在这儿我遇上一个男人,菲利普·内维尔,我就要嫁给他了。他在马尔堡有处宅子,我就要搬到那儿去住了,我想,咱俩不会再见面了。

你是我生命的意义。我懂,不该说这样的话,你也不想听。我对彭尼洛佩说了这番话时,她就吓坏了,也气坏了,仿佛我的自白已经令自己自绝于社会。看来,我走得太远了,做得也太绝了,再也回不去了,再也做不回往日的自己了。

我并不爱那个内维尔,他也不爱我,但他让我看清了,要是再不同你一刀两断,我会变成什么样子。其实,在自己来这儿之前,我就已经看到了。或许,之所以会跟乔弗里闹上那么一出,就是因为我已经看清了。不过,这次不会再闹上次的笑话了。内维尔向我保证,在他的引导下,我会变得信心十足,活力四射。总之,过去别的女人身上令我羡慕的东西,我都会拥有,就像你太太一样。

　　在这方面我做得一直很差,可自己居然会与一个这方面极为成功的男人坠入爱河,真是讽刺到了极点。我的全部生命都是为了你,可多久才能见到你一次?一个月有没有两次?要是加上偶遇,或许多一些;要是你忙起来,就更少;有时候,整个月也见不到你一面。有时候,我会幻想着你在家中,身边有老婆,还有孩子,那一刻真是生不如死。可一想到不知什么时候你的好奇和兴趣就会转移到其他什么姑娘身上,或许是在哪个晚会上结识的,就像你我相识时那样,心里的难受就更别提了。那时,我会注意看身边的女人,街道上,巴士上,商店里,去寻找一张能让你着迷的面孔。虽然缺少细节,我对你的喜好还是非常了解的。

　　我知道,无论你对我有(或者应该说,曾经有)什么样的感受,就像《追忆似水年华》中的斯万说起奥德特,我和你不是同一路人。

　　实在没有什么理由再见面了,当然也不排除偶遇的可能。内维尔热衷于收藏粉彩碟,当然也时常流连于各家古玩店和拍卖行,可能会要我陪他一起去淘宝贝。不过,我已经对他说了,自己对收藏没兴趣,不过我怀疑,他还是会坚持让我陪他去。

　　我会尽量做一个好妻子,我这年纪的女人不是每天都有人求婚的,可今年已经有两个人向我求婚了,你说怪不怪？我似乎两次都接受了，我这个人总是畏首畏尾，战战兢兢，要是能成个家，太太平平过日子，这种诱惑实在是难以抵挡。这一次，我不会再中途变卦了，因为我已没有什么好牵挂的了。

你的想法或许同我的出版商，还有我的经纪人一样。他俩总是要我把书中的女主角写得时髦些、性感些、刺激些。或许，你们都认为我在写小说时既对故事中的人物心存讽刺，又超然于故事的情节之上，可你们都错了。我相信自己写的每一个字，过去相信，现在依然相信，虽然如今我已明白，故事中的一切是不可能发生在我身上了。

你不是不知道我的地址，可过去两个星期中，我没有收到你的一封信。看来，告诉你我未来的地址也没什么意义了，反正你也不会写信给我。

该怎样结束这封信，我真不知道。我不想大家相互指责，说实在的，我也无权说那样的话。要说咱俩是你情我愿有点儿滑稽，其实是我比你更情愿。从头到尾，我都比你更情愿。

我全部的爱都给了你，直到永远。

埃迪斯

房间里没有一丝动静，埃迪斯坐在那里，双手捧着头，有好一会儿，时间似乎已经停止流逝。埃迪斯仿佛看到了过去，一幅幅、一幕幕,她也总是一声不出,沉默似乎已经成为她命中的注定。埃迪斯站在窗边,听着戴维的车渐渐远去,消失在夜色之中;看着爸爸最后一次收拾书桌,埃迪斯一声不吭;把妈妈打翻的咖啡杯收回到厨房中,埃迪斯还是一声不吭。记忆还在向前滑动,埃迪斯甚至看到自己回到了维也纳,回到外祖母那套阴沉的公寓中,自己躲在椅子背后,听着妈妈和两个阿姨大发牢骚。当时听到了什么?那几个字用在现在恐怕有点儿不合适:"可怕,真可怕!"她听到阿姨声嘶力竭地叫着:"真是太可怕了!"

埃迪斯站起身,该上床睡觉了,可此刻她最想做的事儿不是上床睡觉,而是等到第二天一早,去邮局把信寄出去,从此断绝了一切念想。她看看腕上的手表,凌晨一点半,脱下衣服,躺上床,下定决心今夜一定要熬下去,绝不半途而废。她感到面颊有点儿发烧,身子在微微颤抖,随着夜色渐浓,她的肌肉终于放松下来,呼吸也缓慢下来。终于,埃迪斯坠入梦乡。

醒来时天还没亮,可埃迪斯还是起了床,洗洗脸,洗洗手。过会儿,等她寄完信回来,还有时间冲把澡。埃迪斯把信从头到尾又读了一遍,装进信封,封好口,然后穿好衣服,梳了梳头发。此刻,她感到心静如水,安坐在客房中,直到邮局有人上班,能买到邮票的那一刻。时间已到六点钟,埃迪斯再也坐不下去了,拿起手提袋和房间钥匙,轻轻打开房门,走进外面的过道之中。

埃迪斯蹑手蹑脚地走在厚厚的地毯上,唯恐自己的脚步声吵醒了仍在熟睡中的住客。恰在此刻,她看到詹妮弗的房门一开,从里面闪出身着睡袍的内维尔,内维尔的动作和埃迪斯一样轻巧,慢慢带上门，唯恐发出一点儿声音。过道里只留了盏夜灯，灯光昏暗，可埃迪斯依旧能清晰地看到内维尔脸上的笑容，那既不放任，又不可捉摸的笑容。

原来如此，埃迪斯暗暗说道，原来如此。

埃迪斯一动不动，仿佛已化为一尊石雕。内维尔并没有看到埃迪斯，转过身，快步走过过道，消失在埃迪斯的视线之外。

回到房间，埃迪斯才意识到，自己居然一点儿也没有吃惊。她想起了内维尔之前说过的话，什么保持自我中心，什么修复自尊，多么冠冕堂皇！或许，自己轻信了内维尔的鬼话。可这也并非全部。这时，埃迪斯想起，自己靠在内维尔身上放声痛哭时，内维尔用双臂揽着自己，可自己当时并没有感觉，什么感觉也没有。内维尔帮自己恢复常态，一举一动再优雅不过，可他的内心偏偏空无一物。

不用说，埃迪斯也不会忘记，内维尔也曾不经意地提起，说他自己也会找点儿乐子，看来詹妮弗就是其中之一。那天早上，半梦半醒之中，埃迪斯依稀听到开门声。看来，那并不是梦境，而是真事儿，只不过，她从未把它当成真事儿，更别说领悟其背后的深意了，直到这一刻。埃迪斯似乎又看到了爸爸，耐心地对她说，再想想看，埃迪斯，你算错了。

埃迪斯缓缓在床沿上坐下，感到头有点儿晕。幸好没有嫁给他，要不然，他很快就会去追寻别的猎物去了，到时候恐怕自己就真要化为石雕，变成烂泥了，变成他的又一件收藏品。或许，内维尔从头到尾都是这样想的，自己不过是个替补，去补全他缺掉的那件东西。至于自己,有些东西你尽可以满不在乎地斥为肤浅,说不过是迎合了低级需求。过去那么长时间,那些东西曾令自己感到快乐,今后仍将如此,这些东西已经陪了自己这么长时间,还将继续陪着自己,一生一世。那就是自己唯一想拥有的人生,尽管它从来都不完全属于自己,可要是自己嫁给内维尔,岂不是连这种人生也要拱手放弃?

过了好一会儿,埃迪斯站起身。

走到桌前,埃迪斯拿起放在桌上的信,一撕两半,扔进废纸篓。她取过手提袋和钥匙,走出房间,走过过道,走下楼梯。酒店里依旧一片宁静,夜班行李员打着哈欠,挠着脑袋,正等着换班。看到埃迪斯走过来,他急忙站起身,脸上挤出今晨的第一缕微笑。

"能帮我订一张回伦敦的机票吗?就要下一航班。"埃迪斯清楚地说道,"我还想发份儿电报。"

行李员找出精致的电报纸,递给埃迪斯。埃迪斯接过电报纸,走到一张小小的玻璃桌旁,坐下。她写道:"西蒙兹,奇尔特恩街,伦敦,即将归家。"可埃迪斯觉得措辞还不太准确,迟疑了一会儿,划去"即将归家"四个字,重新写上两个字——"即归"。

**图书在版编目 (CIP) 数据**

杜兰葛山庄 / (英) 布鲁克纳著；叶肖译.
– 北京：北京燕山出版社，2015.10
ISBN 978-7-5402-3949-7

Ⅰ.①杜… Ⅱ.①布… ②叶… Ⅲ.①长篇小说—英国—现代 Ⅳ.① I561.45

中国版本图书馆 CIP 数据核字 (2015) 第 218795 号

Hotel Du Lac
Copyright © 1984 Anita Brookner
This edition arranged with A.M.Heath & Co.Ltd.
through Andrew Nurnberg Associates International Limited

# 杜兰葛山庄

［英］安妮塔·布鲁克纳 著
叶　肖 译
策　　划 / 赵东明
责任编辑 / 尚燕彬　金　东
装帧设计 / 小　贾　张　佳

北京燕山出版社出版发行
北京市西城区陶然亭路 53 号　邮编 100054
全国新华书店经销
北京市松源印刷有限公司印刷

开本 850×1168　1/32　印张 7　字数 130,000
2016 年 7 月第 1 版　2016 年 7 月第 1 次印刷

定价：38.00 元

版权所有　盗版必究